선생님, 무슨 책 읽어요?

선생님, 무슨 책 읽어요?

펴 낸 날/ 초판1쇄 2024년 11월 20일
지 은 이/ 한국학교도서관협의회
펴 낸 곳/ 도서출판 기역
편   집/ 책마을해리
출판등록/ 2010년 8월 2일(제313-2010-236)
주   소/ 경기도 파주시 회동길 363-8 출판도시
          전북 고창군 해리면 월봉성산길 88 책마을해리
문   의/ (대표전화)070-4175-0914, (전송)070-4209-1709

ISB N979-11-91199-54-3(03800)

서로이음

선생님,
무슨 책
읽어요

한국학교도서관협의회 **지음**

ㄱ

"선생님, 무슨 책을 읽어야 할지 모르겠어요"

학교도서관을 운영하다 보면 자주 듣는 질문 중 하나가 바로 "선생님, 무슨 책을 읽어야 할지 모르겠어요. 책 좀 추천해 주세요"입니다.

학생들이 자신에게 맞는 책을 찾고자 할 때, 그 길을 안내하는 것이 사서교사의 중요한 역할 중 하나입니다. 책을 추천하는 일은 독자에 대한 애정이자 독서의 즐거움을 발견할 수 있도록 돕는 중요한 행위입니다. 하지만 책은 읽는 사람의 처지와 상황, 관심사, 가치관에 따라 다르게 해석되기 때문에, 추천하는 일은 신중하고도 어려운 작업입니다.

많은 학생이 책과 친해지기 위해 도서관을 찾지만, 종종 방대한 책의 세계에서 방향을 잡지 못해 막막해합니다. 『선생님, 무슨 책 읽어요?』는 이런 학생들을 돕기 위해 사서교사들이 힘을 모은 결과물이자, 어떻게 하면 더 좋은 책을 추천할 수 있을까 고민이 모여 완성된 서평집입니다.

『선생님, 무슨 책 읽어요?』는 학생들이 보다 쉽게 책을 접하고, 자신의 흥미를 발견할 수 있도록 다양한 장르와 주제의 책들을 담았습니다. 같은 책을 읽더라도 읽는 사람에 따라 전혀 다른 감동을 줄 수 있는 것이 책의 매력입니다. 책이 가진 고유한 매력을 발견하고 학생들이 자신의 취향과 관심사에 맞는 책을 찾을 수 있도록 돕기 위해 초등저학년, 초등고학년, 중학교, 고등학교로 나누어 총 60권의 책들을 정성스럽게 선정하였습니다.

이 서평집이 학생들에게는 독서의 첫걸음이 되고, 사서교사들에게는 학생들과 소통하는 다리가 되기를 기대합니다. 이 책에 수록된 책들이 학생들의 지적 호기심을 자극하고, 학생들이 독서의 즐거움을 발견하는 데 도움이 되기를 바랍니다.

서로이음 기획단 구혜진, 나현정, 김담희, 배고은, 심하나, 정경진을 대표하여

나현정 성암국제무역고등학교 사서교사

"애들아, 이 책, 어때?"

　세상이 많이 바뀌었습니다. 사람이 단순 정보를 기억하지 않아도 인터넷에 물어보기만 하면 정보를 가져오는 세상에서, 이제는 체계화된 정보까지도 AI를 통해 챗GPT가 정리해주는 세상이 되었습니다.

　"한국의 현장실습을 앞둔 특성화고등학교 3학년 학생들에게 노동인권교육을 하기에 도움이 되는 책을 10권 추천해주세요" 하는 명령어를 주면 실제로 도움되는 책들을 AI가 정리해서 알려줍니다. 이런 세상에서 우리 사서교사들은 왜 굳이 도서를 추천하는 글을 직접 쓰는지 스스로에게 물어볼 수밖에 없습니다.

　그래서 우리 사서교사들은 책을 더 꼼꼼히 살펴보고, 교사인 나의 삶을 비추어 경험을 정리하고 내 생활 속에서 성찰해보고, 또 우리 학생들의 삶을 보고 생각하면서 한권 한권 우리 삶의 이야기가 들어간 책의 이야기를 적어 보았습니다. 그렇게 엄선한 어린이청소년책 서평을 한권의 책으로 엮었습니다.

　서로이음 사서교사들이 이번에 추천한 책들은 단순한 정보가 아니라 추천하는 교사와 우리 학생들의 삶이 들어가 있습니다.

　그러하기에 무엇보다 이 책은 어떤 책을 어떤 상황에서 읽어야 할지를, 추천해야 할지를 고민하며 학교현장에서 함께 분투하는 학교도서관 사서선생님들, 우리 학생들의 성장을 바라는 교사들, 학부모님들의 고민에 도움이 되리라 믿습니다.

이 추천도서 서평집에 들어있는 삶이 담긴 글마저도 AI가 학습해서 학생들에게 좋은 책을 더 적절하게 추천해주길 바랍니다.

한국학교도서관협의회 대표 이덕주(송곡관광고 사서교사)

※한국학교도서관협의회(Korean School Library Association)는 1998년 설립 이래로, 학교도서관의 다양한 문제를 깊이 있게 연구하고 개선하기 위해 끊임없이 노력하고 있습니다. 한국도서관협회 정관 제37조에 근거하여 조직되었으며, 국내외 관련 단체와의 유대를 형성하며 도서관계 전반과 교육 발전에 기여함을 목적으로 합니다. 또한, 보다 풍요로운 교육 환경 조성과 사서교사의 전문성 향상을 위해 다양한 연구 활동을 펼치고 관련 자료를 발간하는 데에도 힘쓰고 있습니다.

차례

一 초등학교 낮은학년

사과는 너와 나를 위해서

— 이지은

 '사과'라는 단어를 들으면 가장 먼저 무엇이 생각날까? 맛있는 꿀이 잔뜩 들어간 달콤하고 아삭아삭한 사과, 백설 공주에 등장하는 빨간 독사과, 아니면 초록 사과? 이처럼 사람에 따라 다양한 사과가 생각날 수 있다. 하지만 이 책에서 이야기하고 있는 사과는 '자신의 잘못을 인정하고 용서를 빎'이라는 사전적 의미를 지닌 미안함을 나타내는 단어다.

 내 실수나 잘못으로 인해 사과하고 싶지만, 어떻게 해야 할지 몰라 고민해 본 적이 있는가? 혹은 화해하고 싶어도 용기가 없어서 화해하지 못했던 기억이 있다면 이 그림책을 읽어보길 추천한다.

 사과하는 건 참 어렵다. 그렇지만 내 잘못을 인정하고 사과하는 건 꼭 해야만 하는 일이고, 삶을 살아가는 데 필요한 일이기도 하다. 학교에서 어린이들이 다투고 나면 서로 사과하고 싶지 않다고 이야기하거나, 본인의 잘못을 인정하기 싫어하는 모습을 종종 발견할 수 있다. 그럴 때, 아이들과 이 그림책을 함께 읽고 사과를 왜 해야 하는지, 사과는 어떻게 해야 하는지 그리고 언제 해야 하는지, 어떤 상황에서 사과가 필요한지 이야기를 나눠보면 좋겠다.

 "누구나 실수를 해. 네가 커도 실수하고 작아도 실수하지. 네가 누군가를 아프게 하거나 뭔가를 망가뜨렸다면 네가 해야 할 옳은 일은 사과를 하는 거야."

 잘못을 사과하고, 실수를 반복하지 않기 위해 노력하는 모습, 그리고 더 나

문학

사과는 이렇게 하는 거야
데이비드 라로셀 글 | 마이크 우느트카 그림 | 블루밍제이
40쪽 | 2023 | 16,800원

아가 본인의 잘못을 책임지고 해결하는 모습까지 사과하는 방법을 꼼꼼하게 책 속에 담았다. 한때 초등학교 교사였던 작가가 사과를 어려워하는 모든 어린이에게(사실 어른에게 더 필요할 수도 있다) 친절하고 다정하게 이야기를 건넨다.

그림책 속에서 거북이 할아버지가 아주 오래전 이야기로 사과하고 화해하는 장면이 나온다. 지금이라도 늦지 않았다. 마음속에 미안한 사람이 있다면 꼭 사과해 보길 바란다. 직접 말로 하기 어렵다면 편지를 써보는 건 어떨까.

"물론 굉장히 힘든 일이야. 하지만 사과를 하면 네 기분이 좋아진단다. 더 중요한 건, 사과를 받는 상대의 기분도 좋아진다는 거야!"

#사과 #화해 #인정 #반성

교육과정(독서활동) 연계
[2바01-03] 가족이나 주변 사람을 배려하며 관계를 맺는다.
[2국02-04] 인물의 마음이나 생각을 짐작하고 이를 자신과 비교하며 글을 읽는다.
[4도02-02] 친구 사이의 배려에 대한 올바른 이해를 바탕으로 일상생활에서 배려하면서 도덕적 관계를 맺는 방안을 탐색한다.
함께 볼 만한 콘텐츠
1. 책 『예의 없는 친구들을 대하는 슬기로운 말하기 사전』(김원아 글. 김소희 그림. 사계절. 2022)
2. 그림책 『짝꿍』(박정섭 글·그림. 위즈덤하우스. 2017)
3. 그림책 『미안해 또 미안해』(이자벨라 팔리아 글. 파올로 프로이에티 그림. 이영자 옮김. 이야기공간. 2023)
4. 유튜브 「인사약으로 사과하는 방법」(https://youtu.be/V3NOXK9_uvI?si=dhB4lGyIUnXlVClu)

마음도 몸도 건강하게 잘 자라나길

— 이지은

초등학교 4학년, 같은 반 준영이와 기훈이는 항상 붙어 다닐 정도로 친했다. 그런데 무슨 일이 있었는지 지금은 마주치기만 해도 서로 못 잡아먹어 안달이다. 교실에서 강낭콩을 키우면서도 사사건건 싸우는 준영이와 기훈이는 무사히 화해할 수 있을까? 다행히 두 친구 사이에는 강낭콩 박사 지우가 있다. 지극정성 강낭콩을 키우는 지우와 함께라면, 준영이와 기훈이의 화해를 기대해 볼 수 있지 않을까 생각한다.

이 책에서는 강낭콩을 화분에 심어 강낭콩의 한살이를 관찰한다. 동화 속 주인공들의 강낭콩인 콩콩이, 사나이콩, 초록이가 자라는 모습을 따라가며 나의 성장기를 상상하며 읽는다면 더욱 재미나게 책을 읽을 수 있다. 책을 순서대로 읽어보고, 내가 강낭콩이라면 나는 어디쯤 성장해 있을지 생각해보는 것이다. 또한, 강낭콩을 화분에 직접 심어 강낭콩이 자라는 모든 과정과 순간을 직접 보고 경험한다면, 어린이들이 책 속 주인공들처럼 문제를 해결하며 성장하는 데 좋은 영양분이 되리라 기대해 본다.

준영이와 기훈이 그리고 지우의 교실에서 함께 자라고 있는 강낭콩은 누가 가르쳐 주지 않아도 참 열심히 산다. 때가 되면 싹이 나오고, 줄기가 생기고, 꽃이 피며, 꼬투리(열매)를 맺는다. 하지만 강낭콩도 잘 자라기 위해서는 충분한 물과 햇빛이 필요하다. 강낭콩처럼 우리도 제대로 성장하고 잘 살아가기 위해서는 누군가의 따뜻한 애정과 보살핌이 필요하다.

우리는 누구나 서로에게 힘과 용기를 그리고 따뜻한 사랑을 전할 수 있다.

문학

너와 나의 강낭콩
김원아 글 | 이주희 그림 | 창비교육 | 104쪽 | 2024 | 12,000원

이 책을 통해 어린이 또한 누군가에게 힘을 주고 용기를 줄 수 있다는 것을 다시 한번 배웠다.

엄마는 문제를 회피하고 도망갔지만, 준영이는 도망가지 않았다. 엄마와의 갈등 속에서 무서웠지만, 솔직하게 용기를 내 다가가는 준영이의 모습은 삶을 살아가는 우리에게 다시 한번 도전을 주고 배움을 주었다. 동화는 이렇게 삶의 지혜를 잊지 않도록 이야기해 준다. 그래서 자꾸만 동화가 읽고 싶어지는 것이 아닐까.

책 속에서 강낭콩을 분갈이하던 날, 강낭콩이 위로만 자라나는 것이 아니라 아래로도 뿌리를 내리며 자라고 있는 모습을 볼 수 있다. 우리 어린이들도 강낭콩 뿌리처럼 씩씩하게 그리고 단단하게 받쳐줄 마음이 건강한 몸과 함께 어우러져 무럭무럭 자라나길 응원한다.

#강낭콩 #식물의한살이 #성장 #우정

교육과정(독서활동) 연계
[4국05-01] 인물과 이야기의 흐름을 중심으로 작품을 감상한다.
[4과04-02] 식물이 자라는 데 필요한 조건을 찾는 실험을 설계하여 수행할 수 있다.
[4과04-03] 생물의 한 살이 과정을 조사하여 생물에 따라 한살이의 유형이 다양함을 소개하는 자료를 만들어 공유할 수 있다.
함께 볼 만한 콘텐츠
1. 책 『내가 좋아하는 곡식』(이성실 글. 김시영 그림. 호박꽃. 2011)
2. 유튜브 「강낭콩송」(https://youtu.be/sgKAs5j0h-o?si=EHvBmocptVgybDfT)
3. 유튜브 「강낭콩의 한살이」(https://youtu.be/t12IVp-SzUc?si=wNhDIAaaITFnmlro)

말요리점의 미슐랭 셰프 되는 법

— 이수정

"너 T야?" 학교에서 수십 번 듣는 말이다. 일부 학생은 T 같은 반응을 하면, 공감을 못 해준다, 사이코패스냐, 다른 학생을 공격하기도 한다. 'T'라는 것 자체가 부정적으로 받아들여지는 이유가 뭘까? 결국 '말'이다. '말'은 굉장히 강력해서 사람을 고통스럽게 할 수도 있고, 사람을 끈끈하게 만들어 줄 수 있다. 그렇다면 어떤 말을 어떻게 해야만 할까? 그런 질문을 하는 사람에게 추천하고 싶은 책이 바로 『부글부글 말 요리점』이다.

『부글부글 말 요리점』에서 주방장 말(馬) 요리사는 말(言)을 재료로 요리한다. 하지만, 전설의 비밀 요리법으로 만든 음식들임에도 어째서인지 손님들은 잔뜩 찡그린다. 그렇게 당황한 말 요리사는 요리책을 다시 펼쳤다가 정반대의 레시피를 따라야 한다는 비밀을 깨닫는다. 결국 말 요리사는 '무시' 대신 '인정'을 넣은 '따끈따끈 말 탕', '변덕' 대신 '믿음'으로 반죽하고 가을 햇살로 굽는 '바삭바삭 말 부침개' 등 마음을 적시는 말 요리를 만드는 인기 요리사가 된다.

이 책은 세 번 이상 읽었을 때 그 진가를 발한다. 처음 읽었을 때는 말하는 데도 요리처럼 정제된 레시피가 있고, 마음대로 재료의 양을 조절할 수 있다면 편하겠다고 막연하게 느꼈다. 두 번째 학생들과 읽었을 때, 대부분은 "요리사가 진짜 멍청해요! 요리책 뒷면에 주의사항을 봤어야죠!", "레시피를 제대로 따르지 않아 문제였네"라며 요리책에만 관심을 가졌다. 마지막으로 세 번째 읽었을 때 드디어 '정말 요리책 자체의 문제였을까?'라는 생각이 들었다.

그때 보였던 것이 말 요리점의 파리였다. 손님이 없어서였을 수도 있지만,

문
학

부글부글 말 요리점
조시온 글 | 유지우 그림 | 씨드북 | 44쪽 | 2024 | 16,000원

손님이 요리를 받을 때마저 파리는 옆에서 맴돌고 있다. 파리가 보이니, 다음
에는 냉장고에서 쏟아지는 말라비틀어지고 유통기한이 지난 말, 심지어 얼룩
이 묻은 그릇이 보였다. 여기에 화룡점정은 그저 '책 때문이라며' 투덜거리던
말 요리사의 태도였다! 제대로 된 레시피가 적혀있었더라도 그동안 문제점을
스스로 깨닫지 못했던 말 요리사는 망할 수밖에 없었다. 이것은 작가의 숨겨
둔 의도가 아니었을까. '레시피만 찾지 말고 스스로 생각하라.'

우리가 먹고 싶은 음식이란, 그리고 말이란 무엇일까. 사실 좋은 재료로 담
백하게 만든 음식, 긍정적인 단어로 따뜻한 감정을 담은 말을 거부하는 사람
은 없을 것이다. 레시피 그대로 찍어내는 것보다 오랜 시간을 들여 마음을 담
아 만든 것에 감동한다. 결국 중요한 것은 힘들고 고민이 되더라도 자신을 끊
임없이 돌아보고 반성하며 긍정적이고 기분 좋은 단어들을 준비해서 천천히
감정과 섞어 끓여내는 태도다. 그것이 진정한 말 요리점의 미슐랭 셰프가 되
는 비법이다. #말 #인성 #관계

교육과정(독서활동) 연계
[2국04-04] 글자, 낱말, 문장을 관심 있게 살펴보고 흥미를 가진다.
[2국01-06] 바르고 고운 말을 사용하여 말하는 태도를 지닌다.
[6도04-01] 긍정적 태도의 의미와 중요성을 알고, 어려움을 극복하기 위한 긍정적 삶의 태도를 습관화한다.
함께 볼 만한 콘텐츠
1. 그림책 『세상에서 가장 힘이 센 말』(이현정 글. 이철민 그림. 김성미 편. 달달북스. 2020)
2. 유튜브 「말의 힘(MBC 실험 다큐)」(https://youtu.be/Lvntfdy9av0?si=EeG7fvWzOogTLBkd)
3. 영화 「예스맨」(2008)

가방 속 이야기, 너에게만 들려줄게

— 이선영

『아드님 진지드세요』의 삽화를 그린 이영림 작가의 그림책이다. 동화 삽화가로 유명한 작가가 2023년부터는 직접 글도 쓰고 그림도 그려 세 권의 그림책을 출간했다. 그중 한 권이 이 책이다.

표지의 아이는 빨간 가방을 메고 뒤돌아 서 있다. 빨간색 가방은 살짝 열려 있고, 뒤를 주시하고 있는 아이는 알 수 없는 미소를 짓고 있다. 표지 안쪽의 앞·뒤 면지는 서로 다른 그림으로 채워져 있다. 앞 면지에는 사람들만, 뒷면지에는 가방들만 그려져 있다. 앞면지의 사람들은 이 책 속에 등장하는 인물들이고, 뒷면지의 가방들은 등장인물들의 가방들이다. 즉 면지들이 이 책의 요약본 역할을 하는 셈이다. 각각의 가방 주인을 앞면지에서 찾는 재미가 쏠쏠하다.

이 책은 플랩북이다. 플랩북은 책의 일부를 펼칠 수 있도록 만들어진 책으로, 해당 그림과 연결되거나 다른 그림, 내용이 들어있어 독자의 호기심을 자극하고 상상력을 높여주는 책이다.* 플랩을 열면 마치 가방을 들여다보듯 소지품들이 보인다. 세 마리의 개를 산책시키는 사람의 가방에는 세 개의 개껌, 물, 놀이기구, 물티슈 등이 담겨 있다. 가방 속에 무엇이 들었는지 보여주는 것만으로도 독자들은 다음 장면의 가방이 궁금해진다.

그런데 이 책은 플랩 두 개가 연달아 붙어 있다. 이 책이 정말 보여주고 싶어

----

* 네이버 지식백과(https://terms.naver.com/entry.naver?docId=2423429&cid=51399&categoryId=51399)

문학

가방을 열면
이영림 글·그림 | 봄봄출판사 | 40쪽 | 2023 | 18,500원

하는 건 두 번째 플랩이다. 그렇다면 두 번째 플랩에는 뭐가 보일까? 바로 등장인물의 속마음, 꿈(버킷리스트, 지금 하고 싶은 것)이다. 개를 산책시키는 사람의 속마음은 세 마리의 개들과 함께 야구를 하고 싶은 꿈으로 들어차 있다.

"할머니는 이제 다 컸으니까 원하는 걸 다 갖고 계시겠지? 나도 얼른 어른이 되면 좋겠다."

할머니의 장바구니에는 무엇이 들어있을까? 할머니는 정말 원하는 걸 다 갖고 계실까? 할머니의 마음속엔 어떤 핑크빛 꿈이 자리 잡고 있을까?

누군가는 행동과 옷차림, 가방 속 소지품 그리고 마음속이 '그럴 줄 알았어~' 하고 예상도 되지만, 누군가의 속마음은 '어머…' 하고 놀라게 한다. 작가는 묻는다. 여러분의 가방 속에는 어떤 이야기가 담겨있냐고.

#꿈 #버킷리스트 #진로 #플랩북

교육과정(독서활동) 연계
[2바04-02] 다양한 생각이나 의견에 대해 개방적인 태도를 형성한다.
[2슬01-02] 나를 탐색하여 나에 대해 설명한다.
함께 볼 만한 콘텐츠
그림책 『무슨 꿈이든 괜찮아』(프르체미스타프 베히터로비츠 글. 마르타 이그네르스카 그림. 마루벌. 2024)

작은 한 걸음의 시작

— 구혜진

3월, 새 학년을 맞이하는 시기는 어릴 적 나에게 무척이나 두려운 날들이었다. 그동안 친하게 지내온 친구들과 헤어지는 아쉬움이 있었고, 새롭게 만나는 친구들과 잘 지낼 수 있을지 걱정이 되었다. 새로이 반을 나누지 않고, 새 학년에도 우리 반 그대로 올라가면 좋겠다는 생각도 했다.

이 책의 주인공 예지에게서 어린 시절 내 모습을 발견하고, 이야기에 푹 빠져 읽었다. 예지도 새 학년에 적응하느라 고민한다. 예지는 새로운 반 친구들을 살펴보다가 문병욱이라는 아이에게 관심을 가지게 된다. 병욱이는 말수가 적고 늘 주머니에 손을 넣고 다닌다. 다른 친구들은 병욱이를 '바보 같다'고 이야기하지만, 예지는 그렇게 생각하지 않는다. 예지는 병욱이를 자세히 관찰하기 시작한다. 개학식 날 병욱이와 그의 할머니가 예지 엄마와 인사를 나누는 모습, 미술 시간에 병욱이가 예지를 닮은 아이를 그리는 모습 등을 통해 예지는 병욱이를 더 이해하게 된다.

예지가 선입견 없이 병욱이를 대하는 모습을 보며, 예지네 반 친구들의 마음과 태도도 조금씩 변화하기 시작한다. 이를 통해 겉모습만으로 사람을 판단하면 안 된다는 것을 느끼게 해주며, 서로의 차이를 이해하고 존중하는 것이 얼마나 중요한지 깨닫게 한다.

이상교 작가의 작품 세계가 『우리 반 문병욱』에서도 잘 드러난다. 작가는 등단 이래 오랜 시간 동안 작은 목소리에 귀 기울여 왔다. 이번 작품에서도 혼자이기를 선택한, 혼자가 익숙해진 아이들의 모습을 담아내며, 서로를 인정하고

문학

우리 반 문병욱
이상교 글 | 한연진 그림 | 문학동네 | 48쪽 | 2023 | 15,000원

받아들이는 과정을 따뜻하게 그려내고 있다. 아이들의 작은 행동 하나하나를 섬세하게 포착하고, 그들의 내면을 깊이 들여다보며 공감을 끌어낸다. 또 아이들의 모습을 생생하게 표현해낸 한연진 화가의 독특한 화풍은 책 전체를 하나의 예술작품으로 느끼게 만든다.

이 책은 서로 다른 개성과 특성을 지닌 아이들이 모여 '우리'를 만들어가는 과정을 그린다. 처음에는 이해하지 못하다가도, 점차 관심을 가지고 서로를 이해하며 하나의 공동체를 형성해 나가는 모습을 보여준다. 이를 통해 차이를 인정하고 받아들이는 것의 중요성을 전달한다. 초등학교 저학년 학생들은 물론, 어른들에게도 추천하고픈 작품이다. 아이들에게는 서로를 이해하고 받아들이는 법을 배울 기회를 제공하고, 어른들에게는 편견에서 벗어나 차이를 인정하는 태도의 중요성을 깨닫게 해줄 것이다. 상대방을 이해하고 배려하는 마음을 갖고 작은 한 걸음을 내디딘다면, 우리가 만들어 가는 내일은 더욱 아름답게 빛날 것이다.

#친구 #다름 #다양성 #존중 #이해 #배려 #인정

교육과정(독서활동) 연계
[4도02-02] 친구의 소중함을 알고 친구와 사이좋게 지내며, 서로의 입장을 이해하고 인정한다.
[2바02-03] 차이나 다양성을 서로 존중하면서 생활한다.
함께 볼 만한 콘텐츠
1. 그림책 『다다다 다른 별 학교』(윤진현 글·그림. 천개의바람. 2018)
2. 그림책 『달라도 친구』(허은미 글. 정현지 그림. 웅진주니어. 2021)
3. 그림책 『두두와 새 친구』(옥희진 글·그림. 창비. 2024)

슬쩍슬쩍 스르륵, 우정이 펼쳐지는 순간

— 박은비

『홀짝홀짝 호로록』은 다양한 동물 친구들이 서로 어울리며 우정을 쌓아가는 이야기를 따뜻하고 사랑스럽게 그린 그림책이다. 동물 친구들 사이 신뢰가 서서히 쌓이는 과정은 마치 우리 사람들 사이 관계를 보는 듯한 감동을 전해 준다.

처음 책을 펼쳤을 때는 글이 거의 없는 구성에 당황할 수 있다. 그러나 '두리번두리번', '총총', '꼴깍꼴깍', '오들오들', '어물어물', '부글부글'…, 다양한 의성어, 의태어를 따라 읽는 즐거움 속에 놀이와 어울림의 즐거움을 따뜻하게 전한다. 무채색 배경 위 밝고 귀여운 그림은 아이들의 시선을 사로잡을 뿐만 아니라, 각 장면에서 감정 변화를 세밀하게 포착해 낸다. 부드러운 그림체와 섬세한 색감 사용은 이야기의 분위기를 완벽하게 보완해 준다. 귀여운 동물 친구들이 서로를 이해하고 배려하는 모습은 어린이들에게 친구 사귀기의 즐거움과 우정의 소중함을 자연스럽게 느낄 수 있게 한다.

의성어와 의태어로만 이루어진 구성은 글을 읽는 것을 선호하는 어린이에게는 흥미를 끌기 어려울 수 있다. 의성어와 의태어에 의존하다 보니, 이야기의 깊이나 세부적인 설명이 부족하게 느껴질 수 있다. 그러나 이러한 언어적 요소들은 어린 독자들의 상상력과 창의력, 언어적 감각을 발달시키는 기회를 제공한다는 점에서 큰 장점이 된다. 글을 배우는 저학년이라면 이 책을 읽으며 소리를 흉내 내고, 이야기에 더욱 몰입할 수 있을 것이다. 이를 통해 어린이들은 자연스럽게 언어 감각을 키울 수 있다.

초1	초2	초3	초4	초5	초6	중1	중2	중3	고1	고2	고3	성인

홀짝홀짝 호로록

손소영 글·그림 | 창비 | 52쪽 | 2024 | 15,000원

『홀짝홀짝 호로록』은 읽는 동안 어린 시절의 순수한 기쁨을 다시 느낄 수 있어 어른들에게도 큰 의미를 줄 것이다. 이처럼 특별한 그림책은 독서의 새로운 차원을 열어주는 동시에, 세대를 아우르는 즐거움을 선사한다.

#의태어 #의성어 #우정 #관계 #언어

교육과정(독서활동) 연계

[2국02-05] 읽기에 흥미를 가지고 즐겨 읽는 태도를 지닌다.

[2국03-03] 주변 소재에 대해 소개하는 글을 쓴다.

[2국02-04] 인물의 마음이나 생각을 짐작하고 이를 자신과 비교하며 글을 읽는다.

[2국05-01] 말놀이, 낭송 등을 통해 말의 재미와 즐거움을 느낀다.

[2국05-02] 작품을 듣거나 읽으면서 느끼거나 생각한 점을 말한다.

[2즐01-03] 가족이나 주변 사람과 소통하며 어울린다.

[2즐02-04] 다양한 세상을 상상하고 표현한다.

함께 볼 만한 콘텐츠

1. 그림책 『누가 내 머리에 똥 썼어?』(베르너 홀프바르트 글·그림. 사계절. 2008)

2. 그림책 『팥죽 할멈과 호랑이』(박윤규 글. 백희나 그림. 시공주니어. 2006)

3. 유튜브 「홀짝홀짝 호로록」(https://youtu.be/LxBCdwkUXB0)

4. 유튜브 「꿈나라동화 의성어, 의태어, 꾸며주는 말」(https://youtu.be/R6wdC4Cecik?si=ExQF7c_4t3Cc1720)

'좋아', '싫어' 속에 숨어 있는 진짜 내 감정

— 이지은

    우리가 감정을 셀 수 있다면 한 사람이 하루에 느끼는 감정이 몇 개나 될까? 그러나 셀 수 없는 수많은 감정 속에서 하루에도 수십 번 바뀌는 기분을 느끼며 우리는 그렇게 하루하루를 살아간다. 그렇다면 수많은 감정이 나에게 찾아올 때 이 감정이 어떤 기분인지 그리고 이 감정이 무엇인지 알 수 있는 능력이 있다면 얼마나 좋을까. 하지만 대부분 우리는 알 수 없는 감정과 기분으로 본인의 감정을 제대로 들여다보지 못해 속상해하거나 답답함을 느끼며 살아간다. 그럴 때 본인이 왜 기분이 좋은지, 왜 기분이 싫은지 명확한 말로 표현할 수 있다면 우리의 삶은 더욱 풍성해지지 않을까 생각한다. 내 감정이 궁금할 때, 또는 내 감정을 어떤 말로 표현해야 하는지 알고 싶을 때, 이 책을 읽어보자.

    하루 24시간, 사람들은 정말 많은 일을 경험한다. 이 그림책은 아침부터 저녁까지 마주하는 상황에서 그때마다 어떤 감정이 생겨나는지 또, '좋아', '싫어'에 담겨있는 수많은 감정을 어떻게 표현하고 말할 수 있는지를 담았다. 푹 자고 일어나 개운한 아침에는 '좋아' 대신 "아, 상쾌해!"라는 표현이나, 쉬는 시간이 짧아 아쉬울 때 '수업 시간 싫어' 대신 "쉬는 시간이 너무 빨리 가서 아쉬워"라는 표현처럼 구체적인 상황과 예시로 이야기하고 있다. 상황에 따른 감정표현과 함께 어린이들의 재미나고 익살스러운 모습을 그림으로 그려내 재미를 더해준다.

    감정이란 그날의 기분과 상황에 따라 똑같은 감정도 매일 다르게 느껴질 수도 있어 참 어렵다. 그래서 감정이나 기분을 제대로 느끼고 표현하는 것이 중

인문사회

좋아, 싫어 대신 뭐라고 말하지?
송현지 글 | 순두부 그림 | 이야기공간 | 64쪽 | 2023 | 18,800원

요한데, 감정이 어렵다 보니 내가 왜 이렇게 감정을 다르게 느끼는지 혼란스러울 수 있다. 결국 스스로의 마음이 답답하고, 혹은 다른 사람의 감정도 잘 헤아리지 못해 관계나 소통에 어려움을 느끼는 어린이가 있을 수 있다. 그럴 때 아이가 혼자 이 책을 읽는 것도 좋지만, 부모나 교사와 함께 읽고 감정에 관한 이야기를 나눠보면 좋겠다.

이 책에는 감정에 관한 어휘 34개가 수록되어 있다. 수록된 어휘를 통해 감정을 표현하는 말을 배워 대화에 적용한다면, 나의 감정도 배울 수 있고 사람들과의 관계나 소통에도 도움이 되리라 생각한다.

어린이들이 삶을 살아가면서 생겨나는 감정을 그냥 흘려보내는 것이 아니라 예쁘게 담아 표현하고 사람들과 나누며 살아가길 바란다. 어린이들이 감정을 올바르게 마주하고 본인의 마음과 기분을 잘 들여다보며 스스로 다독여 줄 수 있는 사람으로 자라나기를 이 책을 통해 응원하고 싶다.

#감정 #감정표현 #자기이해

교육과정(독서활동) 연계
[2바01-02] 나를 이해하고 존중하며 생활한다.
[2국01-02] 바르고 고운 말로 서로의 감정을 나누며 듣고 말한다.
[4도01-01] 자신의 감정을 소중히 여기며 존중하는 태도를 바탕으로 내가 누구인가를 탐구한다.
함께 볼 만한 콘텐츠
1. 그림책 『감정에 이름을 붙여봐』(이라일라 글. 박현주 그림. 파스텔하우스. 2022)
2. 그림책 『내 마음의 색깔들』(조 위테크 글. 크리스틴 루세 그림. 미술연필 옮김. 보물창고. 2023)
3. 그림책 『감정 호텔』(리디아 브란코비치 글·그림. 장미란 옮김. 책읽는곰. 2024)
4. 영화 「인사이드 아웃 1」(2015)

김장을 왜 하냐는 질문에 답을 찾습니다

— 이선영

『꼬마 이웃, 미르』의 두 작가가 다시 만나 작업한 지식그림책이다. 이 책은 우리나라의 기후와 문화, 생활관습에 따라 발달한 김장 문화를 잘 보여준다. 특히 책의 표지는 갓 담근 김장김치를 먹음직스럽게 그려내 책에서 다루는 주제를 표현하고 있다.

책은 하늘과 논밭의 푸르름이 돋보이는 시골풍경으로 시작한다. 식물들이 생장하는 여름에서 고추를 따고 말리는 가을로 접어든다. 책장이 넘어갈수록 김장김치를 만드는 과정도 무르익어간다.

전체적으로는 등장인물(할머니, 엄마, 아이들이 포함된 한 가족)들이 김장을 담그는 이야기를 담고 있다. 부분적으로는 요리 레시피처럼 각 단계를 그림과 글로 설명해 준다. '재료 준비'에서는 파를 어슷써는 모양이나 쪽파, 미나리, 갓을 몇 센티로 어떻게 잘라야 하는지 그림으로 한눈에 알아볼 수 있어 김치를 담가본 적 없는 이도 이해가 쉽다.

지식그림책이라고 해서 설명 위주로 풀어내면 지루하게 느껴질 수 있다. 꼬마 주인공이 배추를 소금에 재우기 위해 배추를 꼭 껴안고 잠든(재우는) 장면이 있다. 이처럼 위트가 담긴 장면들은 아이들도 함께 김장을 즐길 수 있도록 도와준다.

어린아이들이 김치를 싫어하는 이유 중 하나가 많은 재료가 각자의 맛과 식감을 내기 때문인데, 책 속에서는 이렇게 표현했다.

인문사회

김장
이향안 글 | 배현주 그림 | 현암주니어 | 26쪽 | 2023 | 18,000원

"햇살 담뿍 받고 자란 고추, 파, 미나리는 하늘 맛. 흙 기운 받고 자란 마늘, 생강은 땅 맛. 파도 소리 먹고 자란 새우, 멸치는 바다 맛. 모두 함께 버무리면 얼근덜근 김치 맛!"

동시처럼 읽는 맛이 있는 글을 통해 작가의 내공을 느낄 수 있다.

지식그림책답게 계절에 따른 김치의 종류, 지역별 김치, 다양한 김치 요리들을 뒷부분에 실었다. 삼대가 모여 김장을 치르는 문화를 "경험"하기 힘든 요즘 아이들에게 김장김치의 시작부터 저장까지 오리지널 버전으로 보여주기 좋은 책이다.

그렇다면 김장을 왜 할까? 독자 중에 김장을 담근 후 먹는 수육을 떠올리는 분들이 꽤 많을 것이다. 그런 마음을 알았는지 뒤표지는 수육과 김장김치를 담아낸 밥상이 차려 있다. 김장을 담그는 이유, 아이들과 책을 다 읽고 나서 함께 답을 찾아보면 좋을 것 같다. #우리나라음식 #가을 #겨울 #음식 #전통음식

교육과정(독서활동) 연계
[2바03-02] 계절의 변화에 대응하며 생활한다.
[2슬01-04] 사람과 자연, 동식물이 어우러져 사는 생태를 탐구한다.
[2슬02-02] 우리나라의 모습이나 문화를 조사한다.
[2슬03-02] 계절과 생활의 관계를 탐구한다.
[4사04-01] 옛날 풍습에 대해 알아보고, 오늘날과 비교하여 변화상을 파악한다.

함께 볼 만한 콘텐츠
1. 그림책 『가을이네 장 담그기』(이규희 글. 신민재 그림. 책읽는곰. 2018)
2. 유튜브 [유네스코 인류무형유산] 김장문화 | 같이 잇다, 가치를 잇다. 국가유산진흥원. 2021.
   (https://youtu.be/Lsf2GbZtHeI?si=QwxZZfiPeR371QTN)

Manners Maketh Man(매너가 사람을 만든다)*

— 박은비

  이 책은 매너의 중요성과 그 효과를 어린이 시각에서 재미있고 쉽게 풀어낸 책이다. 특히, '매너'가 좋은 향기처럼 주변에 긍정적인 영향을 미친다는 비유는 매우 인상적이다. 이 비유를 통해 아이들은 매너가 단순한 규칙이 아니라, 사람들 사이에 따뜻한 마음을 전하는 방법이라는 것을 알게 된다. 밝고 친근한 삽화는 아이들이 책을 읽는 동안 흥미를 잃지 않고 끝까지 집중할 수 있도록 도와준다.

  각 장에서는 매너가 필요한 상황을 구체적으로 제시하고, 어떻게 반응해야 할지 예시를 통해 설명한다. 이는 어린이들이 자기 행동을 돌아보게 하고, 자연스럽게 정답을 찾아가는 과정을 겪으며 교육적인 가치를 느낄 수 있게 한다. 단순한 예의범절을 넘어, 매너가 사람들 사이의 관계를 어떻게 향상시킬 수 있는지 다양한 상황을 통해 보여준다. 예를 들어, 친구들과 함께하는 식사 시간에 먼저 음식을 권하는 장면이나, 대중교통에서 자리를 양보하는 장면을 통해 매너의 중요성을 자연스럽게 깨닫게 된다. 이러한 구체적인 사례는 어린이들이 실제 생활에서 쉽게 따라 할 수 있도록 돕는다.

  책을 읽으면서 아이들은 자기 행동이 타인에게 미치는 영향을 생각하고, 더 나은 인간관계를 형성하는 방법을 배우게 된다. 부모와 교사들은 이 책을 통해 아이들과 함께 매너에 관해 이야기하고, 일상생활에서 매너를 실천하는 방

* 영화 '킹스맨' 명대사 가운데.

인문사회

매너는 좋은 향기가 나요_서로의 마음에 꽃을 피우는 25가지 말과 행동
김수현 글 | 장선환 그림 | 머핀북 | 111쪽 | 2023 | 13,000원

법을 구체적으로 지도할 수 있다. 그러나 매너에 대한 설명이 다소 일방적이고 교훈적으로 느껴질 수도 있다. 또한, 각 상황에 대한 예시와 그에 따른 정답이 정해져 있어 아쉽다. 매너는 상황에 따라 다르게 적용될 수 있는 만큼, 답이 정해진 예시보다는 여러 가지 해결 방법을 제시하여 아이들이 창의적으로 문제를 해결하는 능력을 키우는 것이 더 효과적일 수 있다.

이 책은 어린이들에게 매너의 중요성을 가르치는 동시에, 사회적 상호작용에서 예의의 중요성을 이해시키는 매우 가치 있는 책이다. 이 책을 통해 어린이들은 더 나은 인간관계를 형성하는 방법을 배우고, 자신과 주변 사람들에게 긍정적인 영향을 미치는 방법을 자연스럽게 익히게 될 것이다.

#예절 #매너 #예의 #인성

교육과정(독서활동) 연계
[2바01-01] 학교생활 습관과 학습 습관을 형성하여 안전하고 건강하게 생활한다.
[2바01-02] 나를 이해하고 존중하며 생활한다.
[2바01-03] 가족이나 주변 사람을 배려하며 관계를 맺는다
[2바03-01] 하루의 가치를 느끼며 지금을 소중히 여긴다.
[2바04-04] 지금까지의 생활 습관과 학습 습관을 되돌아본다.
[2슬01-03] 가족이나 주변 사람에게 관심을 갖고 함께 살아가는 모습을 탐구한다.
함께 볼 만한 콘텐츠
1. 그림책 『나는 예절을 지켜요_처음 만나는 세상의 규칙』(다카하마 마사노부 글. 하야시 유미 그림. 김보혜 옮김. 피카주니어. 2023)
2. 유튜브 「수업시간 예절교육(쏭쌤TV)」(https://youtu.be/SFoI-ygvXgU?si=7hKLtZWbNzCM40VB)
3. 유튜브 「인성논술 good idea(링킹)」
(https://youtube.com/playlist?list=PL9AHh3ubGKzuE3ii0JzNc8pikrFvzszzz&si=E58g-iafnuff8Et-)

세상에서 가장 귀여운 도슨트와 빛의 정원 산책

— 이수정

    '고양이가 세상을 구한다'라는 말이 있다. 인간은 각진 얼굴보다는 둥근 얼굴을 더 귀여워한다는 베이비 스키마 이론에 따르면, 인간은 고양이를 귀여워할 수밖에 없다.

    이야기는 모네의 마법 고양이가 잠에서 깨어나면서 시작한다. 비가 내려 밖에 나가지 못하게 된 고양이는 모네의 작품 속으로 들어간다. 고양이는 모네 가족의 이야기를 그린 《점심》부터 《트루빌의 해변》까지 모네의 대표작을 끊임없이 누비며 장난을 친다. 모네와 고양이는 끊어질 듯 끊어지지 않는 술래잡기를 시작한다.

    '명화'나 '미술관' 그림책은 엄숙한 느낌의 책이 많다. 그런데 예술과 말썽꾸러기 고양이라니, 신기함에 펼쳐본 이 책은 의심하던 나를 매료시켰다. 이 책을 추천하고 싶은 이유는 세 가지다.

    첫째, 고양이라는 신선한 소재 자체다. 모네의 그림은 대부분 '빛' 그리고 '정원' 두 가지 키워드가 존재한다. 고양이는 찾아볼 수 없다. 그만큼 이 책은 모네라는 작가의 주목받지 않은 부분을 활용했으며, 고양이가 왜 등장했는지에도 명확한 설명을 덧붙여 결말을 완벽하게 마무리한다.

    둘째, 고양이를 활용한 방식이다. 이 작품 안에서 고양이는 도슨트 역할을 하고 있다. 도슨트란 미술관 등에서 관람객들에게 전시물을 설명하는 안내인이다. 이 작품 속 모든 요소는 고양이 장난감으로 사용되며, 우리는 자연스럽게 모네 그림 안에 있는 다양한 요소들을 인식하게 된다. 그저 아름답다는 생

예
술

모네의 고양이
릴리 머레이 글 | 베키 카메론 그림 | 김하니 옮김 | 아르카디아
40쪽 | 2023 | 16,000원

각에서 벗어나 자연스럽게 해석하게 되는 것이다.

셋째, 그림책의 본분을 지켰다는 것이다. 앞서 말했듯, 명화와 관련된 그림책들은 대부분 지식 전달을 위한 글이 많다. 이 책은 오히려 지식 정보를 줄이고 스토리를 만들어 모두에게 접근성을 높이고 집중하게 만든다.

그림책을 읽는 가장 큰 목적은 '읽은 후'에 있다. 깨달음이나 감동까지는 아니더라도 '무언가 더 하고 싶다'는 동기부여가 항상 궁극적 목표다. 이 책을 읽고 가장 먼저 든 생각은 모네의 그림을 더 알아보고 싶다는 것이다. 명화를 감상하는 것이 굳이 엄숙해야 할 필요는 없다는 것을 보여주는 그림책이다. 그래서 더욱 이 책이 미술작품과 화가를 처음 접하는 모두에게 '첫 명화 그림책'이 되면 좋겠다. #미술 #명화 #감상 #모네 #고양이 #도슨트 #감상

교육과정(독서활동) 연계
[4미01-01] 자연물과 인공물을 탐색하는 데 다양한 감각을 활용할 수 있다.
[4미01-02] 주변 대상을 체험하며 떠오른 느낌과 생각을 다양한 방법으로 나타낼 수 있다.
[4미01-03] 미적 탐색에 호기심을 갖고 참여하며 자신의 감각으로 대상의 특징을 이해할 수 있다.
[4미03-01] 미술작품을 자세히 보고 작품과 미술가에 관해 질문할 수 있다.
[4미03-02] 미술작품의 특징과 작품에 관한 자신의 느낌과 생각을 설명할 수 있다.
[4미03-04] 작품 감상에 흥미를 가지고 참여하며 작품에 대한 자신의 감상 관점을 존중할 수 있다.
함께 볼 만한 콘텐츠
1. 그림책 『풍경을 잘 그리는 모네 아저씨』(아나 오비올스 글. 조안 수비라나 그림. 노란우산. 2013)
2. 유튜브 「프랑스 인상파 양식의 화가 모네를 챈트로 배워요!」
   (https://youtu.be/9o7UlhNd1wo?si=KjGUpC5McaU5_2bM)
3. 유튜브 「ASMR 소리가 있는 미술관·클로드 모네의 그림과 소리, 그리고 피아노」
   (https://www.youtube.com/watch?v=AcAnLaKAZLA&ab_channel=asmrsoupe)

그림책으로 만나는 클림트의 예술 세계

— 구혜진

키 큰 해바라기가 활짝 핀 정원. 하얀 원피스를 입은 두 소녀와 귀여운 아기 곰들이 평화로운 풍경을 연출한다. 한 소녀가 저 멀리 숲을 바라보고 있다. 마치 자신을 따라 숲속으로 산책을 떠나자는 듯한 표정이다. 눈부신 햇살과 함께 숲 내음이 가득 전해오는 듯해, 나도 몰래 그림책 속으로 빠져든다.

주인공 베리타스와 메다는 검은 말을 타고 아름다운 클림트의 그림 속으로 들어간다. 울창한 숲을 지나 탐스러운 사과나무 아래에서 사과를 한입 베어 물면 달콤한 잠이 스르르 쏟아진다. 낮잠에서 깨어나면 자작나무 숲에서 아기 곰의 다정한 인사가 이어진다. 울창한 나무 사이로 여름 햇살이 반짝이며 부서지는 이곳은 해바라기가 가득한 클림트의 정원이다. 두 소녀를 통해 클림트의 작품 세계를 여행하는 듯한 경험을 선사하며, 그림책을 넘어 원작 작품에 대한 호기심을 불러일으킨다.

『클림트의 정원으로』는 화가 구스타프 클림트의 작품을 모티프로 한 그림책이다. 주인공 베리타스와 메다 또한 각각 클림트의 작품 《누다 베리타스》와 《메다 프리마베시의 초상》에서 모티프를 가져왔다. 두 소녀는 클림트의 작품 속 풍경을 탐험한다. 클림트는 고흐와 동시대에 활동한 화가로, 현재 가장 유명한 화가 중 한 명이다. 많은 이들이 《키스》, 《아델레 블로흐 바우어의 초상》 같은 그의 대표작들만 알고 있지만, 그는 당시 보수적이었던 미술계에 정면으로 도전하며 새로운 미술 운동을 이끌었던 실험적인 화가이다.

또한 『클림트의 정원으로』는 김혜진 작가의 클림트에 대한 존경과 사랑을 담

예술

클림트의 정원으로
김혜진 글·그림 | 보림 | 40쪽 | 2023 | 18,000원

은 오마주(Hommage)이다. 작가는 클림트의 대표작들보다는 비교적 알려지지 않은 그의 후기 작품들과 아름다운 풍경화에 주목했다. 이를 통해 작가의 상상력과 예술적 감성이 더해져 독창적이고 아름다운 그림책을 선보이고 있다.

이 책은 클림트의 작품에 관심 있는 독자, 예술 세계를 탐험하고 싶은 독자, 아름다운 풍경을 감상하고 싶은 이들에게 추천한다. 어린이들에게는 클림트의 작품 세계를 쉽고 재미있게 접할 기회를 제공할 것이다. 또한, 그림책을 통해 원작에 대한 호기심을 자극하고, 예술 작품을 새로운 시각으로 바라볼 수 있는 계기가 될 것이다.

화려한 색채와 아름다운 풍경, 그리고 상상력이 가득한 이 그림책은 우리를 클림트의 정원으로 초대한다. 그 안에서 예술의 아름다움과 감성을 만끽할 수 있을 것이다. 다른 화가의 명화 작품을 오마주한 후속작들도 나오길 기대해 본다.

#예술 #미술 #화가 #명화 #오마주 #클림트

교육과정(독서활동) 연계
[4미03-02] 미술작품의 특징과 작품에 관한 자신의 느낌과 생각을 설명할 수 있다.
[4미03-04] 작품 감상에 흥미를 가지고 참여하며 작품에 대한 자신의 감상 관점을 존중할 수 있다.
함께 볼 만한 콘텐츠
1. 그림책 『구스타프 클림트』(사라 바르테르 글. 글렌 샤프롱 그림. 이세진 옮김. 비룡소. 2022)
2. 유튜브 「행복이 반짝반짝 / 화가 클림트」(https://www.youtube.com/watch?v=xKymsz1g5xw)
3. 유튜브 「[Art-ON 온라인도슨트] 황금빛을 그리는 화가 클림트」
   (https://www.youtube.com/watch?v=B4pKZlly7gA)

공연의 감동, 무대 뒤 숨겨진 이야기

— 구혜진

  불 꺼진 공연장 안에 막이 올라가는 순간, 무대를 가득 메우는 오케스트라의 연주가 울려 퍼진다. 이 장면은 마치 꿈속 한 장면처럼 느껴지며, 마음은 두근거림으로 가득 찬다. 처음으로 공연을 관람한 날, 막이 올라가는 모습을 가슴 설레며 지켜보던 기억이 떠오른다. TV로만 접하던 공연 세계가 눈앞에서 펼쳐질 때 감동은 말로 표현하기 어려웠다. 그 순간, 내 마음속에 자리 잡은 공연예술에 대한 애정과 설렘은 지금까지 이어져 오고 있다.

  『막을 올려요』는 세계 최고의 공연예술 무대로 알려진, 런던 로열 오페라 하우스 이야기를 담고 있다. 이 책은 단순히 화려한 무대 위 이야기만을 다루는 것이 아니라, 그 무대를 만들어내기 위해 노력하는 많은 사람의 이야기를 함께 전해준다.

  주인공 고양이 피가로의 안내를 따라가다 보면, 개막 30분 전 무대 뒤편에서 펼쳐지는 다채로운 준비 과정을 생생하게 경험할 수 있다. 의상팀, 가발팀, 모자팀, 배경팀, 소도구팀 등 다양한 직업군의 역할과 공연 준비 과정을 자세히 살펴볼 수 있다.

  의상팀은 공연에 쓰이는 수백 벌의 의상을 바쁘게 꿰매고 수선하며, 가발팀은 매년 수천 점의 가발을 새롭게 제작한다. 배경팀은 거대한 크리스마스트리 장식을 완성하고, 소도구팀은 무대 위에 등장할 소품들을 섬세하게 만들어낸다. 숨은 곳에서 최선을 다하는 이들의 노력이 화려한 공연을 가능하게 한다.

  이 책은 어린이들에게 공연예술에 대한 이해의 폭을 넓혀준다. 공연된 작품

예술

막을 올려요!
로렌 오하라 글·그림 | 조이스 박 옮김 | 런치박스 | 40쪽 | 2023 | 20,000원

들에 담긴 얘기도 들려주고, 공연과 관련된 용어를 자세히 설명해 주는 용어 소개 부분도 부록으로 담겨 있다. 또한, 공연예술 분야 다양한 직업군을 소개한다. 무용수나 가수뿐만 아니라 지휘자, 세트디자이너, 무대감독 등 공연과 관련된 여러 가지 직업에 대해 알 수 있도록 돕고 있다. 이를 통해 학생들이 자기 적성과 관심사에 맞는 공연예술 분야 진로를 탐색하는 데 도움이 될 것이다. 매혹적인 스토리텔링과 생생한 일러스트, 세밀한 구성은 공연예술에 대한 깊이 있는 이해와 감상을 선사한다.

이 책을 통해 공연 이면에 있는 다양한 이야기를 접하게 되고, 단순한 관람을 넘어 공연예술에 대한 깊은 이해와 사랑을 느낄 수 있을 것이다. 공연이 끝난 후에도 여운이 남는 이유는 단순히 무대 위 화려함 때문이 아니라, 그 뒤에 있는 수많은 사람의 열정과 노력 때문임을 느끼게 될 것이다.

#예술 #공연 #오페라 #발레

교육과정(독서활동) 연계
[2즐02-01] 내가 참여할 수 있는 문화 예술을 향유한다.
[2즐02-04] 다양한 세상을 상상하고 표현한다.
[4음02-03] 다양한 종류의 음악을 듣고 음악의 분위기를 묘사하거나 쓰임을 이야기한다.
함께 볼 만한 콘텐츠
1. 그림책 『클래식 뮤지컬 차이콥스키의 발레곡 호두까기 인형 사운드북』(피오나 와트 글. 올가 데미도바 그림. 어스본코리아. 2020)
2. 책 『어린이가 꼭 알아야 할 오페라 이야기』(신정민 글. 끌레몽 그림. 풀과바람. 2024)
3. 유튜브 「Royal Opera House - Backstage Tour」(https://www.youtube.com/watch?v=HdQ-tNo5Dmo)

이토록 뜨거운 식물 도감

— 이수정

'연탄재 함부로 차지 마라. 너는 누구에게 한 번이라도 뜨거운 사람이었느냐.'

대한민국 사람이라면, 이 문구를 모르는 사람은 없을 것이다. 이 문구는 안도현 시인의 시구이다. 시인은 '연탄'을 통해 헌신하는 삶의 가치를 말했지만, 어렸을 때는 시인이 '꼰대'라는 생각이 들었다. 그래서 안도현 시인이 어린이를 위한 책, 심지어 시집도 아닌 식물도감을 썼다고 들었을 때, '인지부조화'가 왔다. '꼰대'는 둘째치고 식물을 전공한 것도 아닌 그야말로 '문과' 남자가 식물도 감을? 그 의문점이 이 책을 펼치게 했다.

'시인만의 언어 감각으로 풀어낸 어디에도 없던 식물 책.' 이 책의 출판사 코 멘트 중 하나다. 이 책에도 다른 식물도감처럼 식물의 종류와 관련 지식이 등 장한다. 그러나 '객관적인 언어'가 아닌 '아름답고 바른 언어'로 말한다. '식물은 밥이고, 집이고, 놀이터이고, 숨기 좋은 곳이다'처럼 도감에서 시 같은 운율이 느껴지고, 식물들 하나하나에 '달락 쓸락 라일락', '지구에서 제일 끈질긴 나무' 처럼 별명과 함께 설명이 아닌 이야기가 흘러나오듯 이어진다.

안도현 시인은 한 인터뷰에서 외손녀 슬라를 위해 이 책을 썼다고 밝혔다. "식물 친구가 많은 아이는 더 행복한 사람으로 자랄 수 있지 않을까요?"라고 덧붙였는데, 상당히 인상적이었다. 왜 식물이어야 했을까? 사실 식물은 우리 가 가장 무시하기 쉬운 생명체다. 하지만 식물은 언제나 우리 곁에 존재하고 있다. 그렇기에 식물만큼 친구가 되면 든든한 존재가 없다. 안 시인은 항상 손 녀와 또래 친구들이 혼자라고 느끼지 않았으면 하는 말랑말랑한 마음을 담은

과학

맨처음 식물공부
안도현 글 | 정창윤 그림 | 다산어린이 | 50쪽 | 2024 | 18,000원

것이 아닐까.

따뜻하다 못해 뜨거운 안도현 시인의 마음을 담은 책의 화룡점정은 정창윤 작가의 그림이다. 보통 식물도감의 사진과는 달리 색연필로 그린 듯한 친근하면서도 화사한 색감의 식물 그림은 마치 동화책을 읽는 것 같은 착각을 들게 한다. 안도현 시인과 손녀 슬라의 모습을 찾아보는 것도 이 책의 재미다.

책을 읽은 뒤 안도현 시인의 「연탄 한 장」을 읽었을 때보다 더 부끄러웠다. 남을 위해 희생하지는 못해도 '내 사람들'에게는 소중한 것만 주고 싶었는데, 항상 차갑게 식어버린 마음만 준 것 같다. 그런 마음에 뜨거운 수프를 던진 게 바로 이 책이다. 뜨거운 물처럼 그저 뜨겁게 덥히는 것이 아니라 몽글몽글 무언가 피어나서 울컥하게 만든다. 식물과 생명에 관심을 보이는 어린아이들 그리고 안도현식 뜨거운 수프를 원하는 어른이라면 이 책의 책장을 꼭 넘겨보기를 바란다.

#식물 #환경 #힐링

교육과정(독서활동) 연계
[2바08-02] 생명을 존중하며 동식물을 보호한다.
[4과05-01] 여러 가지 식물을 관찰하여 특징에 따라 식물을 분류할 수 있다.
함께 볼 만한 콘텐츠
1. 그림책 『식물 심고 그림책 읽으며 아이들과 열두 달』(이태용 글·그림. 세로북스. 2021)
2. 구글 아트앤컬처 〈In Rythm with Nature〉(https://g.co/arts/XkCpnKzgWwGwHPts7)
3. 영화 「나이팅게일」(2014)

선생님, 쌀이 어떻게 말을 해요?

— 이선영

"선생님, 쌀이 어떻게 말을 해요?"

간혹 그림책 세계에 빠져들지 못하는 친구들이 이렇게 말하곤 한다. 그림책 속에서는 동물도 식물도 심지어 사물까지 대화를 나눈다. 쌀은 우리에게 무엇을 말하고 싶은 걸까?

이 책의 주인공은 '쌀'이다. 쌀이 확성기를 들고 귀엽게 윙크하고 있는 표지를 넘기면 노랗게 물든 가을 들녘의 추수 장면이 펼쳐진다. 곳간에서는 주인공 자리를 두고 쌀과 보리가 다투기 시작한다. 쌀이 봄과 여름, 가을의 모습을 설명하는 동안에도 보리는 계속 볼멘소리를 한다. 그때, 알밤과 도토리들이 닥치며 분위기가 바뀐다. 어려움을 겪으며 돈독해진다는 결말은 일반적인 끝맺음이지만, 쌀과 보리가 알고 보니 ○○이라는 설정은 드라마급 반전이다.

제목에서는 쌀이 말했다고 하지만, 내용을 이끌어가는 진짜 화자는 참새다. 참새가 곳간 안내원 역할을 하면서 동시에 계절의 특징과 어려운 단어들을 설명해 주기 때문이다. 특히 '참새의 농사수첩'이라는 코너는 문학 그림책과 구별되는 특징이다.

쌀, 보리, 참새 외에도 특징이 뚜렷한 등장인물들이 많다. 수염차가 되고 싶은 옥수수, 여름이 궁금한 마늘, 가시 옷을 입은 알밤과 모자를 쓴 도토리들이 그렇다. 유설화 작가의 '장갑' 시리즈처럼, 옥수수, 마늘이 들려주는 이야기가 궁금해진다.

지난해까지는 1학년 교과서가 봄/여름/가을/겨울로 나뉘어 봄에는 봄책을,

| 초1 | 초2 | 초3 | 초4 | 초5 | 초6 | 중1 | 중2 | 중3 | 고1 | 고2 | 고3 | 성인 |

쌀이 말했어
간장 글·그림 | 보랏빛소 | 50쪽 | 2023 | 15,000원

여름에는 여름책을 주로 찾아 읽었다. 올해부터는 교과서가 바뀌어 계절의 흐름이 잘 나타난 책들을 더 선호하고 있다. 그런 점에서 이 책은 사계절의 날씨와 모습을 잘 보여주고 우리가 먹는 먹거리와도 연계되어 있어 권할 만하다.

맛있는 음식을 '밥도둑'이라고 한다. 음식의 맛을 함께 먹는 밥량으로 평가한다는 점에서 한식의 기본은 밥이 아닐까 생각해본다. 요즘 밥의 주재료인 쌀 소비가 줄어들고 있다는 뉴스가 종종 들린다. 그만큼 쌀에 대한 관심도 사라지는 것 같다.

쌀은 우리에게 무슨 말을 하고 싶었는지, 그 이야기를 들어보자.

#식물한살이 #음식 #주식 #쌀 #과학지식책

교육과정(독서활동) 연계
[2바03-02] 계절의 변화에 대응하며 생활한다.
[2바03-04] 공동체 속에서 지속가능성을 위한 삶의 방식을 찾아 실천한다.
[2슬01-04] 사람과 자연, 동식물이 어우러져 사는 생태를 탐구한다.
[4과03-02] 다양한 환경에 서식하는 식물을 조사하여 식물의 생김새와 생활 방식이 환경과 관련되어 있음을 설명할 수 있다.라 식물을 분류할 수 있다.
함께 볼 만한 콘텐츠
1. 유튜브 「[모내기, 벼베기, 쌀수확/벼의 한 살이] 식탁에 밥이 올라오기까지/한국인의 힘 'the growing process of rice'」진아의 풍경(https://youtu.be/8rXJjoe-dnM)
2. 그림책 『모모모모모』(밤코 글·그림. 향출판사. 2022)

미안해, 플라스틱맨

— 박은비

"공장에서 플라스틱을 만들기 때문에 마음과 바다가 더러워졌다고!"

"뭐라고 말해도 플라스틱을 버리는 쪽이 나쁜 거지!"

바다 생물들의 슬픔과 분노 속에서 탄생한 플라스틱맨. 마을 사람들이 버린 플라스틱 쓰레기로 이루어진 플라스틱맨은 사람을 해치거나 무섭게 하지 않는다. 대신 눈물을 흘리며 쓰레기를 버리는 사람들에게 경고한다. 플라스틱맨은 마을 사람들과 아이들에게 환경 보호의 중요성을 전파한다.

이 그림책은 플라스틱 오염의 심각성을 보여주면서도 희망적인 메시지를 전달하여 어린 독자들이 자신들의 행동이 어떻게 긍정적인 변화를 일으킬 수 있는지를 깨닫게 한다. 그림은 색감이 풍부하고 메시지 전달에 있어 시각적으로 강력한 인상을 남긴다(일본 제8회 그림책 출판상 우수상 수상작). 바다와 해양 생물들이 처한 위험을 섬세하게 그려내며, 플라스틱으로 인한 오염의 현실을 절실하게 느끼게 한다. 또한, 플라스틱맨이라는 캐릭터를 통해 어린이 독자들이 이야기에 쉽게 몰입할 수 있도록 돕는다.

플라스틱맨의 노력을 알아주기라도 하듯 마을 사람들은 자발적으로 환경을 보호하기 위해 행동하기 시작한다. 그들은 플라스틱을 함부로 버리지 않고 재활용하고, 쓰레기를 줄이기 위해 다양한 방법을 찾는다. 덕분에 플라스틱맨은 바닷속에서 쉴 수 있게 된다.

과학

고마워, 플라스틱맨
기요타 게이코 글·그림 | 엄혜숙 옮김 | 특서주니어 | 48쪽 | 2023 | 10,500원

"플라스틱맨은 앞으로도 바닷속에서 우리를 지켜볼 거야. 너도 언젠가 만날 수 있을지 몰라."

환경 보호의 중요성을 강조하면서도 아이들이 실천할 방법을 제시하는 교육적인 그림책이다. 이 책은 어린이들뿐만 아니라 어른들에게도 큰 영감을 주며, 우리가 모두 환경 보호에 더욱 적극적으로 참여해야 한다는 메시지를 전달한다. 이 책을 읽고 나면 독자들은 일상에서 작은 변화를 실천해 보고자 하는 의지를 갖게 될 것이다. 플라스틱 사용을 줄이고 재활용을 실천하는 것만으로도 환경에 큰 도움이 된다는 것을 깨달을 수 있다. 플라스틱맨과 함께하는 여행은 독자들에게 환경을 사랑하는 마음을 심어줄 뿐만 아니라, 미래 세대를 위한 더 깨끗한 세상을 만들어가는 데 중요한 역할을 할 것이다.

#환경 #바다오염 #협력 #연대 #공존 #공생 #재활용 #리사이클링 #해양쓰레기

교육과정(독서활동) 연계
[2국02-03] 글을 읽고 중심 내용을 확인한다.
[2바01-04] 생태환경에서 더불어 살기 위해 노력한다.
[2바02-01] 공동체에서 내가 할 수 있는 일을 찾아보고 실천한다.
[2바03-04] 공동체 속에서 지속가능성을 위한 삶의 방식을 찾아 실천한다.
[2슬03-04] 우리의 생활과 관련된 지속가능성의 다양한 사례를 찾고 탐색한다.
[2즐01-03] 가족이나 주변 사람과 소통하며 어울린다.
함께 볼 만한 콘텐츠
1. 그림책 『플라스틱 섬』(이명애 글·그림. 상출판사. 2020)
2. 그림책 『미세미세한 맛 플라수프』(김지형 글·그림. 두마리토끼책. 2022)
3. 유튜브 「미세플라스틱 줄이기! 제대로 이해하고, 바르게 실천하기」
   (https://youtu.be/RPt-Lf-IOAU?si=cha06Tc5hN5qkj1S)

一 초등학교 높은 학년

또 일어날 수 있는 비극

— 김은정

1995년 6월 29일 오후 5시 57분경 서울 서초구 서초동에 위치한 삼풍백화점이 폭삭 무너졌다. 이 사고로 인해 502명이 사망하고 937명이 부상을 입고 6명이 실종되었다. 붕괴의 주요 원인은 부실 공사와 불법 구조변경이었다. 백화점 구조를 변경하면서 기둥을 줄였고, 사고 당일에도 기둥에 균열이 생겼지만, 경영진은 일부 층만 폐쇄하고 영업을 계속했다. 삼풍백화점 붕괴는 단일 사건으로 대한민국 역사상 최대 인명 피해로 기록된 참사였다.

『1995, 무너지다』는 삼풍백화점 붕괴 사건을 배경으로 한 현대사 동화다. 현대사는 지금 살고 있는 어른들에게는 경험이자 기억이고, 아이들에게는 기억해야 할 역사이자 나침반이다. 하루에도 무수히 많은 사고가 일어나고 있으며 이태원 참사나 세월호 침몰 등과 같은 사고가 언제, 어디서든 일어날 수 있기 때문이다. 이러한 사고가 사회문제임을 인식하고 잊어서는 안 될 역사이자 소중한 교훈임을 일깨워 더 나은 미래로 나아가야 할 것이다.

백화점에 형과 점심을 먹으러 간 도하, 백화점에서 근무하는 엄마를 둔 윤서, 구조 현장에서 트라우마와 죄책감을 느끼게 된 구조대원 아빠를 둔 정우, 세 아이의 시선으로 이야기가 전개된다. 사고로 인한 아픔과 슬픔이 가슴 시리게 다가온다. 사고로 인한 희생자와 상처받은 사람들을 위로하는 방법도 이야기하고 있어 사고를 어떤 관점으로 바라보고 이해해야 할지를 제시해 주는 책이다. 또한, 부실 공사와 아직 대한민국 사회 곳곳에 남아있는 안전불감증이 또 누군가의 목숨을 위협하고 있음을 시사한다.

1995, 무너지다
이혜령 글 | 양양 그림 | 별숲 | 168쪽 | 2024 | 13,000원

문학

크고 작은 사건과 사고가 매일 일어나는 오늘날, 이는 어른들의 책무이기도 하지만, 아이들도 알고 되새겨서 아픔과 슬픔이 반복되지 않도록 해야 할 것이다. 어른과 아이가 함께 이 책을 읽고 안전하고 행복한 사회를 만들어 갈 수 있기를, 언제 어디선가 가슴 아픈 사건이 일어나더라도 내 일이 아니라며 외면하지 않고 공감할 수 있는 세상이 되기를 바란다.

별숲출판사 '생생 현대사' 시리즈는 1960년부터 2000년대까지 대한민국 현대사를 동화로 만날 수 있다. 『우리 다시 만나요』는 6·25전쟁(1950년대), 『봄날이 달려온다』는 4·19혁명(1960년대), 『내일은 해가 뜬다』는 새마을운동과 산업화(1970년대), 『새로운 시작』은 유월민주항쟁(1980년대), 『1995, 무너지다』는 재난과 붕괴(1990년대), 『세계를 향해 강슛』은 2002 한일월드컵(2000년대) 등 시대별로 읽으면 현대사를 알고 이해하는 데 도움이 된다.

#삼풍백화점 #붕괴사건 #참사 #부실시공 #안전불감증 #인재

교육과정(독서활동) 연계
[6국02-01] 읽기는 배경지식을 활용하여 의미를 구성하는 과정임을 이해하고 글을 읽는다.
[6사06-04] 광복 이후 경제성장 과정에서 우리 사회가 겪은 사회 변동의 특징과 다양한 문제를 살펴보고, 더 나은 사회를 만들기 위하여 해결해야 할 과제를 탐구한다.
[6체05-06] 신체 부상이 우려되는 위험한 상황이나 재난 발생 시 피해 상황을 신속하게 판단하여 안전하게 대처한다.
함께 볼 만한 콘텐츠
1. 그림책 『두꺼비가 간다』(박종채 글·그림. 상상의힘. 2021)
2. 유튜브 「삼풍백화점 붕괴」(https://www.youtube.com/watch?v=zVxN744TqGs&t=58s)
3. 영화 「생일」(2019)

프리즘으로 들여다보는 말의 스펙트럼

— 임정연

　말은 마음을 담는다. 오늘 하루 입으로 내뱉고 귀로 들은 말들을 떠올리며 종이에 적어보자. 어떤 말들은 흐뭇한 미소가 지어지는 반면에 어떤 말들은 가슴에 콕 박혀 상처를 남긴다. 마음이 전해졌기 때문이다. 말에 대한 여덟 가지 이야기를 담은 이 책은 나오키상을 수상한 일본 작가 모리 에토의 작품으로, 개성이 뚜렷한 여덟 명의 일러스트레이터가 삽화를 그렸다. 이야기마다 달라지는 삽화 분위기는 작가가 표현하고자 하는 주제를 생동감 있게 드러내고 독자가 몰입할 수 있도록 도와준다.

　첫 번째 이야기 「집으로 돌아가는 길」에는 등·하교를 함께하는 두 아이가 나온다. 그들은 서로 다른 걸음 속도처럼 말의 속도가 다르다. 한 아이는 고요함을 견디기 어려워 아무 말이라도 꺼내고 보는데, 다른 아이는 생각이 충분히 정리되기 전까지 입을 열지 못한다. 말의 속도를 걸음 속도에 비유하며 시각적으로 표현한 점이 인상적이다. 함께 걸어가기 위해 말의 보폭을 어떻게 맞춰야 하는지 생각해 볼 수 있는 단편이다.

　마지막 이야기 「내일의 말」은 부모님의 이혼으로 아버지를 따라 전학가게 된 아이의 이야기다. 아이는 엄마의 안부 문자를 받아도 멀리 떨어진 거리만큼 멀리 있는 말이라고 느낀다. 새로운 곳에 적응하지 못하고 겉돌던 아이는 어느 날 학교 친구들과 경찰과 도둑 놀이를 하게 된다. 함께 뛰놀며 한바탕 땀을 흘리고 웃다가 한 아이가 작별 인사를 건넨다. '내일 또 놀자.' 그 인사말은 아이에게 어떻게 다가왔을까? 가까운 거리만큼 크게 느껴졌을까?

| 초1 | 초2 | 초3 | 초4 | 초5 | 초6 | 중1 | 중2 | 중3 | 고1 | 고2 | 고3 | 성인 |

어떤 말
모리 에토 글 | 아카 외 그림 | 책읽는곰 | 188쪽 | 2024 | 14,000원

소설의 처음과 끝에 자리하는 두 편의 이야기는 말의 속도와 거리에 대한 것이다. 그 사이에는 말의 주파수, 양면성, 혼잣말, 허례허식, 전하지 못한 말, 침묵하는 행위에 관한 이야기가 있다. 프리즘에 빛을 투과시키면 여러 색 스펙트럼이 나타나듯 이 책은 말의 다양한 속성을 펼쳐 보여준다. 다채로운 말의 스펙트럼을 관찰하고 싶은 사람, 말로 상처를 주고받은 경험이 있는 사람, 진정한 소통을 원하는 사람들에게 이 책을 추천한다. 일본 원작 소설이기 때문에 등장인물 말투에서 다소 어색함을 느낄 수 있지만, 줄거리가 짧고 공감대가 높은 내용으로 구성되어 있어 읽기 난이도가 높지 않다.

생각과 감정을 전달하는 역할을 하며 말은 끊임없이 세상을 누빈다. 만약 모든 말들이 특정한 색채와 모양을 가지고 있다면 우리 사회는 어떤 모습일까? 상대방을 배려하며 건네는 다정한 말과 이기적인 마음으로 쏘아붙이는 불편한 말의 형태는 확연히 다를 것이다. 어떤 말을 건네야 할지 고민하는 과정을 통해 마음이 다듬어진다. 그렇게 아름다운 마음을 주고받으며 아름다운 세상을 함께 만들어가면 좋겠다.

#언어 #우정 #관계 #의사소통

교육과정(독서활동) 연계
[4국01-04] 상황과 상대의 입장을 이해하고 예의를 지키며 대화한다.
함께 볼 만한 콘텐츠
1. 책 『마음을 다해 똑똑하게 다정하게 말하고 싶어』(김경미 글. 센개 그림. 슈크림북. 2024)
2. 책 『나도 상처받지 않고 친구도 상처주지 않는 말하기 연습』(강승임 글. 김규정 그림. 위즈덤하우스. 2023)
3. 그림책 『말의 형태』(오나리 유코 글·그림. 허은 옮김. 봄봄. 2020)

자신의 길을 당당히 걸어가는 소년의 이야기

— 노훈금

책 표지에 눈 내리는 산을 오르는 한 소년이 보인다. 그 소년을 향한 한줄기 햇빛이 소년의 앞날을 밝게 비추고 있는 것 같다. 긴 막대기를 짚고 올라가는 쭉 뻗은 팔과 성큼 내딛는 두 다리가 당당해 보여서 믿음직스러웠다. 이 책을 몇 번 읽고 나중에 새롭게 느껴진 표지였다.

이 책은 조선에서 일본으로 잡혀간 막손이가 두부를 만들어 일본에서 살아남겠다는 이야기를 담은 역사 동화이다. 막손이는 어린 시절 어머니를 잃고, 아버지와 함께 포로로 일본으로 끌려가다 배 안에서 아버지도 잃게 된다. 도공촌에서 만난 도공장과 두부를 만드는 호인 아재를 만나 어려움을 함께 나누고 아키라, 료코와 우정을 나누게 된다.

이 책에는 다양한 인물들이 나와 이야기를 이끌어간다. 이들의 말과 행동을 통해 우리가 어떻게 살아갈 것인지 생각해 볼 수 있다. 도공장과 호인 아재라는 훌륭한 어른이 옆에 있었기에 막손이는 그 어려운 상황 속에서도 단단한 마음으로 자랄 수 있었다. 자신이 어떤 사람이 되고 싶은지 이 책에 나온 인물들만 분석해 볼 수 있다면 답이 나올 것이다. 친구 아키라와 료코가 함께 지혜롭게 문제를 해결한 덕분에 막손이는 위급한 상황에서 벗어날 수 있었는데, 우리는 친구를 위해 어떻게 해야 하는지 돌아볼 수 있다. 인물의 다양한 모습을 파악하기 위해 인물관계도를 그림으로 그리고 성격과 행동을 적어보면 내용을 정리하는 데 도움이 된다.

우리가 자주 먹는 음식인 두부를 처음 만들 때 이야기도 흥미롭다. 두부가

막손이 두부
모세영 글 | 강전희 그림 | 비룡소 | 212쪽 | 2023 | 15,000원

문학

옛날에는 어떤 음식이었는지, 일본으로 끌려간 분들이 그 두부 만드는 기술을 어떻게 일본에 전해주었는지 다큐를 보면 두부를 먹을 때 느낌이 좀 달라질 것이다. 우리가 알지 못했던 것들에 대해 깊이 생각해 볼 수 있다.

막손이는 '고향으로 돌아갈 수 없으면 여기서 살아남겠다'고 삶의 의지를 불태운다. 어떤 상황에서도 자신의 위치에서 최선의 노력을 다하는 막손이의 모습에 감동한다. 어떤 사람으로 자라고 싶은지 고민하는 아이들에게 좋은 어른의 모습을 보여줄 때 권하고 싶다. 어려운 환경에서 꿋꿋하게 살아가는 아이가 대견스러워 무엇인가 해주고 싶다면 '막손이와 친구가 되도록' 마음을 단단하게 해주는 이 책을 내밀면 좋겠다.

무엇보다 이 책은 짜임새 있는 이야기 흐름으로 장면마다 집중해서 읽게 된다. 어른보다 더 큰 마음으로 자라고 있는 막손이의 다음 삶이 궁금해진다.

#임진왜란 #두부 #도자기 #일본 #역사동화 #성장동화

교육과정(독서활동) 연계
[6국05-04] 인상적인 부분을 중심으로 작품에 대한 의견을 나눈다.
[6국05-06] 작품을 읽고 자신의 삶과 연관 지어 성찰하는 태도를 지닌다.
[6도01-01] 자주적인 삶에 대한 이해를 바탕으로 자신의 생활계획을 세우고 실천하여 주체적인 삶의 태도를 기른다.
함께 볼 만한 콘텐츠
1. 책 『조선의 두부, 일본을 구하다』(유영주 글. 윤문영 그림. 단비어린이. 2022)
2. 유튜브 「EBSCulture 역사채널e The history channel e "귀한 음식"」
   (https://www.youtube.com/watch?v=Np6cuFLJPl8)
3. 유튜브 「KBS 다큐 ON "임란포로 '진주시마'의 후예들"」(https://www.youtube.com/watch?v=ulTozxQQsrl)

손가락 하나의 마법

— 신윤해

하루의 무게가 유난히도 무겁게 느껴지는 날에는 하염없이 걷곤 한다. 걷다 보면 짓누르던 생각의 무게가 조금씩 가벼워지고, 주위에 펼쳐진 풍경을 바라볼 여유가 찾아온다. 변화무쌍한 날씨와 같은 인생을 살아가다 보면, 하늘에 구멍이 뚫린 듯 비가 쏟아지는 순간을 맞을 때가 있다. 이 책은 서로 다른 고민을 가진 채, 열세 살을 지나고 있는 아이들이 걷기 클럽 활동을 통해 함께 성장하는 이야기를 다루고 있다.

주인공 윤서는 가장 친했던 친구와 어떠한 사건을 계기로 멀어지게 되고, 이후로 다른 친구와 어울리는 것보다 혼자 있는 편을 택한다. 담임선생님이 필수로 운동 클럽 중 하나에 가입해야 한다고 하자 다른 아이들이 선택하지 않을 것 같은 걷기 클럽에 들어간다. 하지만 윤서의 예상과 달리 걷기 클럽에는 다른 세 명의 아이들이 더 가입한다.

형광 노란색 운동화를 맞춰 신고 함께 걷다 보니 서로 몰랐던 부분까지 알게 되며 멀었던 사이의 간격이 가까워진다. 그렇게 가까워진 아이들은 부족한 부분은 같이 채우고, 혼자만 감당해야 했을 슬픔의 무게는 나누어 들어주며 우정을 쌓아나간다.

걷기 클럽의 '오지라퍼' 강은이가 말한 것처럼 손가락 하나의 힘은 생각보다 크다. 땀이 송글송글 맺힌 채 인생의 오르막길을 오르고 있을 때 누군가 뒤에서 밀어주는 손가락 하나의 힘. 이러한 힘들이 하나둘씩 모이다 보면 사람을 살게 하는 마법 같은 일들이 벌어진다.

열세 살의 걷기 클럽
김혜정 글 | 김연제 그림 | 사계절 | 188쪽 | 2023 | 12,000원

문학

함께의 가치가 조금씩 줄어드는 것만 같은 요즘, 다시금 서로의 소중함을 느껴볼 수 있도록 많은 학생들이 읽어보기를 추천한다.

#우정 #협동 #성장

교육과정(독서활동) 연계
[4도02-02] 친구 사이의 배려에 대한 올바른 이해를 바탕으로 일상생활에서 배려에 기반한 도덕적 관계를 맺을 수 있는 방안을 탐색한다.
함께 볼 만한 콘텐츠
1. 책 『햇빛초 대나무 숲에 새 글이 올라왔습니다』(황지영 글. 백두리 그림. 우리학교. 2020)
2. 책 『고민해결사무소』(오선경 글. 문인혜 그림. 아르볼. 2022)
3. 책 『열세 살 우리는』(문경민 글. 이소영 그림. 우리학교. 2023)

여섯 명 친구들과 함께 스마트폰으로 만드는 살만한 세상!

— 최남희

    스마트폰이 필수인 시대다. 아이들도 예외가 아니어서 저마다 손에 스마트폰을 들고 디지털 세계를 누빈다. 그렇다면 아이들은 스마트폰으로 무엇을 할까? 여성가족부 실태조사에 따르면 주로 게임과 검색, SNS 소통에 사용하는 것이 보통이다. 사용 시간도 꽤 돼서 하루 2시간 이상 이용한다는 학생이 절반을 넘는다. 학생들의 스마트폰 사용에 대한 걱정 어린 소리가 들리는 이유다. 여기 이런 걱정들이 무색하게 스마트폰을 활용하여 세상의 변화를 일으킨 아이들이 있다.

    이 책은 스마트폰 기술을 활용하여 사회문제를 해결하는 데 앞장선 열한 살에서 열일곱 살 사이 여섯 명의 십대 이야기를 담고 있다.

    호주에 사는 하미쉬는 평소 모바일 게임을 즐겨하는 평범한 열한 살 소년이다. 여행지에서 바다 쓰레기로 고통받고 있는 바다거북을 구조하는 모습을 보게 된 하미쉬는 모바일 게임을 개발해 바다 오염의 실태를 알렸다. 스마트폰으로 바다거북을 구하는 가치 있는 일을 해낸 그는 앞으로 해양 생태계를 위한 게임을 만드는 게임 디자이너가 되는 꿈을 위해 노력하고 있다.

    따돌림을 당한 경험이 있는 열여섯 살 나탈리는 전학 간 학교에서 혼자 지내는 아이들을 보며 어떻게 하면 그들을 도울 수 있을지 고민했다. 그녀는 고민하는 것에 그치지 않고 같은 생각을 가진 친구들을 모아 혼자 점심을 먹는 학생들을 연결해 주는 '우리 같이 앉자'라는 애플리케이션을 만들어 학교와 지역사회의 큰 호응을 얻었다. 어린 소녀의 작은 행동 하나가 왕따로 힘들어했던

스마트폰으로 세상을 바꾸는 작은 영웅들
이승주 글 | 문대웅 그림 | 썬더키즈 | 143쪽 | 2022 | 13,000원

누군가에게는 희망이 된 것이다.

　이 밖에도 SNS를 통해 흑인 소녀를 위한 책을 모아 차별에 맞선 말리, 전쟁의 참상을 동영상으로 제작해 전 세계에 알린 무함마드, 치매 할아버지의 안전을 위해 사물인터넷을 개발한 케네스와 납치 피해를 막기 위한 GPS 프로그램을 제작해 아동 실종 문제해결에 앞장선 아루잔 등 책이 들려주는 이야기 속으로 발을 디디면 우리 사회 다양한 문제와 직면하고, 주인공들의 포기하지 않는 도전정신을 목격하게 된다.

　우리는 스마트폰의 수만큼 연결된 시대에 살고 있다. 스마트폰이 더불어 사는 사회를 만드는 도구로 쓰일 수도 있음을 깨달았으면 한다. 아이들이 이 책을 다 읽을 즈음에는 세상을 향한 작은 관심과 우리 사회를 더 따뜻하고 살만하게 바꿀 수 있다는 믿음만 있다면 나(나아가 우리)의 힘으로도 세상을 변화시킬 수 있다는 용기를 얻게 될 것이다.

#스마트폰 #사회문제 #어린영웅 #사회변화

교육과정(독서활동) 연계
[6사08-06] 지속가능한 미래를 건설하기 위한 과제(친환경적 생산과 소비 방식 확산, 빈곤과 기아 퇴치, 문화적 편견과 차별 해소 등)를 조사하고, 세계시민으로서 이에 적극 참여하는 방안을 모색한다.
함께 볼 만한 콘텐츠
1. 책 『우리가 학교를 바꿨어요!』(배송호 글. 서지현 그림. 초록개구리. 2020)
2. 책 『10대를 위한 사회 참여 이야기』(백수연 글. 홍그림 그림. 보랏빛소어린이. 2022)
3. 유튜브 「췌장암 조기진단법을 개발한 소년, 그의 나이 고작 15살이었다(스터디언)」
　(https://www.youtube.com/watch?v=PKFs1IUX5L8)

말은 그만하고, 나무를 심자

— 임정연

"지구부터 살리고 공부할게요." 이 말을 듣고 단순히 공부가 하기 싫어 그런 거라고 오해하면 안 된다. 현 지구의 심각한 상황을 보여주는 말이다. 삶의 터전인 지구가 더 이상 안녕하지 않다면 열심히 공부하며 미래를 준비해도 그 끝은 낭떠러지와 같다. 지속가능한 미래를 위해 아이부터 어른까지 모두 함께 행동해야 한다. 2015년 국제 사회는 제70차 유엔총회에서 지속가능한 발전을 위해 인류가 2030년까지 달성할 17개 목표를 수립했다. 이를 지속가능발전목표(SDGs: Sustainable Development Goals)라고 한다. SDGs는 경제, 환경, 평화, 국가 간 협력 등 다양한 영역에 걸쳐 있으며 169개 세부목표로 되어 있다. 이 책은 어렵고 막연하게 느껴질 수 있는 SDGs를 다음과 같은 방법으로 쉽고 친절하게 알려주는 안내서이다.

먼저 17개 목표가 설정된 배경을 알려준다. 독자는 구체적인 수치를 통해 세계 곳곳에 존재하는 문제점을 들여다보고 목표의 당위성을 확인한다. 둘째로 개인이 일상에서 쉽게 실천하는 방법을 알려준다. 예를 들어 기아 종식을 위해 어린이가 할 수 있는 방법에는 무엇이 있을까? 단순히 밥 남기지 않고 먹는 게 전부인 줄 알았던 사람도 푸드마일 제품 구입하기, 플라스틱 포장 음식 지양하기, 소비기한 확인하기 등의 방법을 실천할 수 있다. 셋째, 세계시민으로서 갖춰야 할 다양한 영역의 필수 상식을 알려준다. 다른 나라의 교육제도, 물의 순환 과정, 불평등의 상징인 세계 장벽과 같이 다양한 지식을 목표와 연결하며 이해의 폭을 넓힐 수 있다. 넷째, 지구촌 곳곳에서 진행된 프로젝트를 동화로

지구부터 살리고 공부할게요
로쎌라 퀼러 글 | 일라리아 자넬라토 그림 | 황지영 옮김 | 마음이음
217쪽 | 2023 | 14,500원

인문사회

소개해 준다. 어린이를 주인공으로 내세워 전개되는 이야기는 친근감 있게 다가와 프로젝트에 동참하고 싶은 동기를 부여한다.

SDGs 15번째 목표, 육상 생태계 보호와 관련된 내용을 소개하자면, 2004년 왕가리 마타이는 케냐에서 그린벨트 운동을 이끌어 노벨 평화상을 수상했다. 상업적 농사로 인해 파괴된 산림과 말라버린 하천을 회복하기 위해 그는 마을 주민들에게 각자 나무를 길러 100만 그루를 심자고 말했고, 결과적으로 5,000만 그루 이상을 심었다. 이러한 선례를 따라 환경 단체 '플랜트포더플래닛'은 '10억 그루 나무 심기 캠페인'을 시행했고, 현재까지 130억 그루의 나무를 심었다. 이 단체가 내걸고 있는 슬로건은 "말은 그만하고, 나무를 심자"이다.

나무를 심듯이 지금 당장 모든 세계 시민들이 힘을 합쳐 지속가능한 지구를 위해 행동한다면, 울창한 숲처럼 진정한 평화의 숲이 생겨나지 않을까? 그때가 되면 지구부터 살리고 보겠다던 어느 학생도 걱정을 한시름 내려놓고 마음 편히 공부할 수 있을 것이다.

#세계시민 #국제사회 #평화 #SDGs #지구촌 #공존 #지속가능성 #환경 #지속가능발전목표

교육과정(독서활동) 연계
[6사12-02] 지구촌을 위협하는 다양한 문제들을 파악하고, 지속가능한 미래를 위한 해결 방안을 탐색한다.
함께 볼 만한 콘텐츠
1. 책 『우리 모두 SDGs』(WILL어린이교육연구소 글, 양윤정 옮김. 머핀북. 2023)
2. 유튜브 『SDG Yes!(둔둔 DUNDUN)』(https://www.youtube.com/watch?v=mv_oUYmDbNg)
3. 신문기사 「[NIE논술]지구를 위해 나무를 심어요」(소년한국일보. 2022)

따뜻하고 건강한 조언으로 가득한 선물같은 책

— 노훈금

사춘기 소녀들이 무엇을 좋아하는지, 어떤 고민이 있는지, 그들의 여러 모습과 생각을 들여다볼 수 있는 10대 소녀들을 위한 자기계발 실용서이다. 소녀들의 취미, 좋아하는 음식, 점점 자라는 몸, 공간에 대한 실제적인 내용을 볼 수 있는 책이다.

초등 고학년 또래 여자아이들은 이제 막 사춘기가 시작되고 몸의 변화를 느끼기 시작한다. 자기 마음과 다른 행동과 감정이 튀어나와 주변 친구들과 선생님, 부모님과 관계가 안 좋아질 때도 있다. 자신이 왜 그러는지 이해할 수 있다면, 우리가 모를 때 느끼는 불안함과 당황스러움에서 벗어나 좀 더 자신을 설명할 기회가 된다. 이 책은 이제 어린이에서 벗어나 청소년으로 가고 있는 열한 살에서 열세 살 사이 소녀들에 관한 이야기이다.

출판사에서 주최한 저자 강의를 들었는데, 저자는 현직 초등교사로 오랫동안 초등 고학년 아이들을 지도했다. 그들의 관심사와 어떻게 소통하면 좋은지 잘 알고 있는 분이었다.

책에도 아이들을 진심으로 걱정하며 따뜻하게 이야기해 주는 느낌이 담겨 있다. 다양한 책들을 인용하며 사춘기 소녀들을 이해하기 위한 객관적인 자료를 보여준다. 아이들이 숏폼과 릴스에 푹 빠져있는 이유에 대한 근거도 제시한다. '커버댄스', '맵부심', '순삭' 등 아이들이 잘 사용하는 말에 대한 설명을 자세히 수록하여 이 시기 아이들을 이해하고 싶은 어른 독자들에게도 큰 도움이 될 것이다.

소녀들에게는 사생활이 필요해
김여진 글 | 이로우 그림 | 사계절 | 88쪽 | 2024 | 13,000원

이 책의 또 다른 장점은 선명하고 화려한 색감, 소녀들이 좋아할 만한 분위기 그림들이 가득하다는 것이다. 책 읽기 싫어하는 아이들도 예쁜 일러스트로 가득한 얇은 책이라 부담 없이 볼 수 있다.

사춘기 소녀들을 이해하지 못해 갈등을 겪고 있는 어른들에게 먼저 권하고 싶다. 자신이 왜 이런 행동을 하는지 알고 싶은 소녀들에게도 권한다. 생각과 다른 말과 행동을 이해하고 싶을 때 하루 한 꼭지씩 읽으면 좋겠다. 그리고 친구와 함께 이야기 나누면 더 좋을 것 같다. '나만 그런 게 아니구나' 하는 마음이 불안감을 없애고 친구와 사이를 더 좋게 만들 수 있기 때문이다.

두께가 너무 얇아 다른 많은 책 속에 파묻혀 발견하지 못할 수도 있다. 하지만 작은 책 속에서 '반짝반짝 빛나는 나 자신'을 발견할 기회가 된다면 소녀들에게 이 책의 의미는 충분하다고 생각한다.

#사춘기 #청소년 #10대소녀 #초등고학년

교육과정(독서활동) 연계
[6실01-01] 아동기의 발달 특징을 이해하고 성장발달에 필요한 조건과 방법을 탐색한다.
[6실01-02] 건강한 발달을 위한 자기 관리 방법을 탐색하고, 일상생활 속에서 올바른 생활습관과 태도를 갖도록 계획하여 실천한다.
함께 볼 만한 콘텐츠
1. 책 『소녀들을 위한 내 몸 안내서』(소냐 르네 테일러 글. 김정은 옮김. 휴머니스트. 2019)
2. 책 『나 혼자 사춘기』(오늘 글. 노인경 그림. 문학과지성사. 2023)
3. 책 『사춘기 마음을 통역해 드립니다』(김현수 글. 미류책방. 2023)

미술 관련 직업이 이렇게나 많다고?

— 최남희

아이들은 언제 어디서나 미술을 만난다. 아이들에게 미술은 상상력을 펼칠 수 있는 중요한 도구이자 자신을 표현하는 하나의 수단이다. 교육 현장에서도 다양한 예술 활동을 통해 아이들의 성장을 도모하고 자신의 생각을 다른 이들과 나눌 기회를 제공한다. 미술이 아이들 가까이에 있는 만큼 진로를 이야기할 때 빠지지 않는 것이 미술 관련 직업이다.

미술과 관련된 직업은 과연 몇 개나 될까?『미술이 좋다면 이런 직업!』은 미술을 좋아하고 그 분야의 진로를 고민하고 있는 학생들에게 다양한 직업의 세계를 소개하는 책이다.

미술과 관련지어 우리가 가장 먼저 떠올릴 수 있는 예술가를 시작으로, 미술관을 운영하고 전시를 기획하는 미술관 큐레이터, 우리 생활에 유용한 가구를 만드는 가구 제작자, 다양한 건물을 설계하는 건축가, 정부 소속 수사관으로 미술품 관련 조사를 맡고 있는 미술품 범죄 수사관 등 25가지 다양한 직업을 살펴본다.

작가는 각 직업을 가진 사람들을 화자로 하여 갖춰야 할 자질과 방법, 일의 장·단점을 친근한 어조로 설명한다. 또한, 직장에서의 하루 일과를 이야기하듯 생생하게 들려줘 해당 직업을 현장감 있게 들여다볼 수 있도록 했다.

한 예로 미술품 경매사는 경매가 있는 날이면 출근과 동시에 진행할 미술품 목록을 확인하고 관련 자료를 살펴본다. 경매장에서는 작품을 설명하고 관심 있는 사람들이 경매에 참여할 수 있게 유도하여 순조롭게 경매가 진행되도록

미술이 좋다면 이런 직업!
수지 호지 글 | 엘리스 게이넷 그림 | 정정혜 옮김 | 한솔수북
56쪽 | 2023 | 13,500원

예술

돕는 역할을 맡는다. 더불어 많은 사람 앞에서 작품을 설명하고 행사를 진행해야 하기 때문에 대담함과 순발력을 갖춰야 한다. 여러 사람의 말을 듣고 반응하는 게 쉽지는 않지만, 많은 사람에게 좋은 작품을 선보이고 참가자를 독려하는 것은 다른 직업에서 만날 수 없는 특별한 경험이다.

책에서 소개하고 있는 직업이 많아 고르기 힘들다면 내게 가장 어울리는 직업을 성격과 소질, 관심사를 생각해보고 고를 수 있는 페이지도 마련되어 있어 흥미를 돋운다.

아이들은 아주 어릴 때부터 미술을 통해 자기를 표현하는 활동을 자주 접한다. 미술이 아이들 가까이에 있는 만큼 관련 직업을 탐색해 볼 수 있는 마중물 같은 진로 안내서로 이 책을 추천한다.

#미술 #진로 #직업

교육과정(독서활동) 연계
[4미01-03] 생활 속에서 다양하게 활용되고 있는 미술을 발견할 수 있다.
[6실05-01] 일과 직업의 의미와 중요성을 이해한다.
[6실05-02] 나를 이해하고 적성, 흥미, 성격에 맞는 직업을 탐색한다.
함께 볼 만한 콘텐츠
1. 그림책 『숨은 디자인 찾기』(마리오 벨리니 글. 에리카 피티스 그림. 임희연 옮김. 미래아이. 2019)
2. 책 『어린이를 위한 그림의 역사』(데이비드 호크니 글. 로즈 블레이크 그림. 신성림 옮김. 비룡소. 2018)
3. 유튜브 「세상에서 가장 유명하지만, 아무도 정체를 모르는 예술가(예술의 이유)」
   (https://www.youtube.com/watch?v=slBcA5n6cQU)

랜드마크로 떠나는 세계 여행

— 김은정

　책 읽기와 여행을 좋아하는 박동석 작가가 좋아하는 두 가지를 녹여내『세계의 랜드마크와 도시』를 출간했다. 작가는 이 책 외에도『구석구석 세계의 에티켓 여행』,『지구 여행자의 도시 탐험』등 어린이들이 더 넓은 세상을 경험할 수 있도록 세계 역사와 문화에 관한 글을 쓰고 있다. 엮어 읽으면 발로 직접 걷는 여행 못지않은 즐거운 세계 여행을 경험할 수 있다.

　세계 각 나라와 도시에는 그 나라와 도시를 대표하는 상징물이 있다. 그런 상징물을 '랜드마크'라고 부른다. 예전에는 영어의 뜻인 '경계표'로 여행자나 탐험가가 원래 있던 장소로 다시 올 수 있도록 만든 표식이었다. 오늘날에는 그 의미가 확대되어 건축물, 조형물, 문화재 등 어떤 지역을 대표할 때 랜드마크라 부른다. 이 책은 프랑스 파리의 '에펠탑', 미국 뉴욕의 '자유의 여신상' 등 랜드마크를 통해 세계 여러 나라의 도시에 숨어있는 역사, 문화, 예술 이야기를 깊이 있게, 흥미롭게 풀어내고 있다.

　이 책은 9부로 구성되어 있는데, 탑 9곳, 성 6곳, 성당 5곳, 빌딩과 호텔 5곳, 동상 4곳, 사원 3곳, 유적 3곳, 무덤 2곳을 포함한 특별한 랜드마크로 브란덴부르크 문, 테이블 마운틴 등 4곳, 총 41개 도시 랜드마크를 소개한다. 특히, 각 나라의 수도, 언어, 화폐, 면적 등을 정리해 놓아 나라의 특징을 간략하게 알고 배경지식을 활용하여 읽을 수 있도록 한 점이 돋보인다.

　이 책의 특징은 각 나라의 문화를 알 수 있는 다양한 선명하고 재밌는 사진들이 실제로 여행하는 듯한 생생한 느낌이 든다는 것이다. 박진주 그림작가의

세계의 랜드마크와 도시
박동석 글 | 박진주 그림 | 책숲 | 280쪽 | 2024 | 20,000원

예술

생동감 넘치는 삽화는 랜드마크의 특징과 멋스러움을 잘 담아내어 책을 읽는 즐거움을 한층 더해준다. 삽화와 사진은 글만으로 이해하기 어렵고 지루할 수 있는 내용을 시각으로 호기심을 자극하고 궁금증을 느끼게 한다. 또한, 부록을 통해 대륙을 나누어 분류하고, 랜드마크와 도시, 국기를 한눈에 볼 수 있어서 정리하는 데 도움이 된다. 차례와 상관없이 관심 있는 나라와 랜드마크를 찾아보며 각 나라에 대한 역사와 문화를 더 깊이 있게 탐구하는 기회도 제공한다.

사회 과목이 재미없는 아이들, 배경지식이 없어 세계사가 어려운 아이들, 세계사가 궁금한 아이들, 세계 여행을 준비하는 아이들이 여행하듯 재미있게 읽기를 바란다.

#세계역사 #세계문화 #예술 #랜드마크 #건축 #세계여행 #세계도시

교육과정(독서활동) 연계
[6사07-02] 여러 시각 및 공간 자료를 활용하여 세계 주요 대륙과 대양의 위치 및 범위, 대륙별 주요 나라의 위치와 영토의 특징을 탐색한다.
[6체04-04] 세계 여러 민족의 문화적 특성을 이해하고 존중하는 개방적인 마음으로 참여한다.
[4도03-02] 다문화 사회에서 다양성을 수용해야 하는 이유를 탐구하고, 올바른 의사 결정 과정을 통해 다른 사람과 문화를 공정하게 대하는 태도를 지닌다.
함께 볼 만한 콘텐츠
1. 책 『역사탐정 만두와 함께하는 이야기 세계사』(이정하 글. 김은정 그림. 지노. 2024)
2. 유튜브 「세계 랜드마크 맞히기 50개」(https://youtu.be/03alfZDBHoA?si=sb5ovbbRmB5L41QH)
3. DVD 「지금, 세계 여행」(EBS교육방송. 2022)

그림 안에 숨어 있는 비밀들

— 신윤해

미술 교과서에 등장하는 작품들은 미술 시간에만 잠깐 마주하는 그림으로 남아 있어야 할까? 미술 교과의 성취 기준과 목표에 따라 작품을 감상하고 배우는 것도 좋지만, 아이들이 삶 속에서 예술 작품의 또 다른 가치를 스스로 발견해 보는 경험이야말로 많은 교육적 의미를 지닌다. 미술작품을 통해 다양한 교과 속 지식을 다시금 알아가다 보면 세상 모든 것은 연결되어 있으며, 조화롭게 공존하고 있다는 사실을 깨닫는다.

이 책은 명화로 만나는 국어, 사회, 수학, 과학, 창의적 체험 활동으로 챕터를 각각 나누어 다양한 교과 지식과 연계한 미술작품 속 숨겨진 이야기들을 상세하게 소개하고 있다. 텍스트보다 이미지와 영상 자료에 친숙한 아이들에게 그림을 매개로 필수적인 교과 지식을 설명해 주는 부분을 통해 독자의 눈높이를 충분히 고려한 책이라는 점을 알 수 있다.

'명화로 만나는 사회' 파트에서는 그림에 담긴 역사 속 사건들을 주제로 나폴레옹이 그려진 그림들이 소개된다. 자크 루이 다비드가 그린 《알프스 산맥을 넘는 나폴레옹》 그림을 보면 '나폴레옹' 하면 떠오르는 강인함과 용맹함의 이미지가 그림에 잘 표현되었음을 알 수 있다. 하지만 놀랍게도 이 그림에는 사실과 다른 점이 존재한다. 실제로 나폴레옹은 사납고 커다란 백마가 아닌 노새를 타고 있었다. 나폴레옹은 자신을 모르는 사람들도 그림을 보고 자신이 대단한 사람임을 알 수 있도록 노새가 아닌 사나운 말을 타고 있는 것으로 그림을 그리도록 요청했고, 그 결과 오늘날 나폴레옹 하면 전사다운 모습을

초1	초2	초3	초4	초5	초6	중1	중2	중3	고1	고2	고3	성인

우리 교실은 명화 미술관
이든 글 | 해와나무 | 164쪽 | 2023 | 14,000원

예술

자연스레 떠올리게 되었다고 한다.

카메라가 발명되기 이전에 사람들은 삶의 다양한 모습들을 수많은 그림으로 남겼다. 이 책은 그 그림들을 통해 지나온 과거를 되돌아보고, 다양한 교과 속 지식을 항해할 수 있도록 길잡이가 되어준다. 교과서 속 지식이 멀고 지루하게만 느껴지는 학생들에게 추천하고 싶다.

#명화 #미술관 #통합교과 #미술 #감상 #명화 #생활사 #세계사

교육과정(독서활동) 연계
[6미03-01] 미술작품을 작품이 만들어진 시대적, 지역적 배경 등과 연결하여 이해할 수 있다.
함께 볼 만한 콘텐츠
1. 책『왜 유명한 거야, 이 그림?』(이유리 글. 허현경 그림. 우리학교. 2022)
2. 책『루브르 박물관보다 재미있는 세계 100대 명화』(박현철 글. 삼성출판사. 2016)
3. 책『교과서에 나오는 세계미술 이야기』(류재만, 고홍규, 박효진 등 글. 교육과학사. 2024)

자신만의 시각으로 미술을 바라볼 수 있다면

— 신윤해

    아이들은 미술관에 전시된 작품 앞에서 어떤 생각을 할까? 학교나 가정에서 아이들의 예술적인 감각 교육을 위해 미술관을 찾곤 하지만, 막상 대다수 아이들은 정적인 분위기의 장소에서 네모난 틀에 박힌 그림을 하릴없이 쳐다봐야 하는 이 시간을 견디지 못한다. 대충 한 번 쓱 보면 될 것을 그 앞에 서서 작품을 하염없이 바라보는 어른들이라니. '이 그림이 대체 왜 유명한 거야?'라는 생각이 아이들 머릿속에서 헤엄칠 수밖에 없다.

    이 책은 위와 같은 아이들의 질문에 친절한 설명을 건네는 책이다. 《모나리자》, 《별이 빛나는 밤》, 《인상: 해돋이》, 《절규》, 《생각하는 사람》 등 유명한 작품들이 어떠한 이유로 사람들에게 알려지고, 시간이 지나도 변하지 않는 명작으로 남을 수 있었는지에 관한 흥미로운 이야기를 들려준다. 미술은 시대적 상황과 분위기에 따라 영향을 받고, 화가들은 그 당시에 유행하는 화풍을 따라 그림을 그리곤 했다. 그러나 이러한 틀을 깨고자 하는 화가들이 있었고, 이러한 변화로 인하여 미술은 단순히 정형화된 것에 멈춰있지 않고 다양한 예술적 흐름으로 발전할 수 있었다.

    클로드 모네의 《인상: 해돋이》 작품을 보면 새벽의 안개, 태양, 바다의 경계가 명확하지 않고 흐릿하게 보이고, 새벽의 빛이 주는 오묘한 느낌을 감각적으로 표현한 모습이 한눈에 들어온다. 모네를 비롯한 인상파 화가들은 그 당시 실물을 정확하게 표현하는 것을 중요하게 생각하던 아카데미 예술의 틀을 벗어나 시간에 따라 변화하는 빛과 그로 인해 바뀌는 모습들을 자신만의 시각

왜 유명한 거야, 이 그림?
이유리 글 | 허현경 그림 | 우리학교 | 160쪽 | 2022 | 14,000원

예술

으로 표현하기 시작한 것이다.

'빛의 화가'로 세계적으로 사랑받는 화가인 모네이지만, 처음부터 대중들에게 작품을 인정받은 것은 아니다. 빛의 순간을 담아내기 위해 빠르게 손을 움직인 붓의 굵은 터치로 인해 그림을 대충 그린다는 오명을 얻기도 하였다. 그러나 모네는 '바다는 파란색이야', '태양은 빨간색이야'라는 고정관념에서 벗어나 빛에 따라 다르게 보이는 모습을 담아내며 오히려 작품에 특별함을 녹여냈다. 지금까지 많은 사람은 모네의 작품들을 더 가까이에서 만나기 위해 미술관을 찾는다.

어딘가에서 본 것 같은 유명한 그림을 조금 더 가까이에서 마주하고 싶고, 그 안에 숨겨진 이야기들이 궁금한 학생들에게 이 책을 추천하고 싶다. 책을 덮고 나면 새롭게 알게 된 미술 이야기로 인해 무심하게 지나쳤던 유명한 그림들을 자신만의 시각으로 마주할 수 있을 것이다.

#명화 #미술사 #미술

교육과정(독서활동) 연계
[6미03-01] 미술작품을 작품이 만들어진 시대적, 지역적 배경 등과 연결하여 이해할 수 있다.
[6미03-04] 다양한 방법을 활용하여 작품을 감상하며 작품에 관한 서로 다른 관점을 존중할 수 있다.
함께 볼 만한 콘텐츠
1. 책 『우리 교실은 명화 미술관』(이든 글. 해와나무. 2023)
2. 책 『루브르 박물관보다 재미있는 세계 100대 명화』(박현철 글. 삼성출판사. 2016)
3. 책 『교과서에 나오는 세계미술 이야기』(류재만, 고홍규, 박효진 등 글. 교육과학사. 2024)

유물유적에 숨어 있는 과학 원리 궁금해?

— 최남희

박물관이나 유적지에서 우리 문화유산들을 살펴보다 '어떻게 그 시대에 이런 걸 만들 수 있었지?'라며 놀란 적이 있을 것이다. 현대 과학 기술과 기계 장비로도 구현이 쉽지 않아 보이는 수천 수백 년 전 우리 유물유적에는 어떤 이야기가 숨어 있을까?

『우리나라 유물유적에 신기한 과학이 숨어 있어요!』는 '역사'와 '과학'이라는, 왠지 고개를 갸웃하게 하는 이 두 조합이 한 데 담겨 있는 책이다. 우리 조상들의 과학적 지혜로 만든 고인돌을 시작으로, 우리나라 고유 난방법인 온돌, 고도의 천문지식이 깃든 첨성대, 서양보다 200년이나 앞선 금속활자, 나무의 성질을 살린 거북선, 서양 과학 기술을 접목해 완성한 수원화성 등 총 15개 유물유적을 역사적 관점에서 설명하고 과학적 관점에서 이해시켜준다.

선사시대 대표 유물인 고인돌을 예로 살펴보자. 100년 전만 해도 사람들은 집채만 한 고인돌을 거대한 바윗돌로만 생각했다. 책에선 선사시대 사람들이 돌로 무덤을 만든 이유와 고인돌에 별자리를 새긴 사연 등 조상들의 삶의 모습을 역사적 측면에서 알아본다. 이와 함께 제대로 된 장비가 없던 그 옛날 어마어마한 크기의 돌을 바위에서 떼어내 원하는 곳으로 옮긴 방법을 과학적 측면에서 소개한다. 이를 통해 식물의 줄기를 이용해 돌을 쪼개고 지렛대 원리와 빗면 원리를 활용해 돌을 옮긴 조상들의 놀라운 지혜를 배울 수 있다.

첨성대는 신라시대에 완성된 동양에서 가장 오래된 천문대이다. 우아한 아름다움과 천문 지식이 조화를 이룬 건축물인 첨성대에는 달의 변화와 공전주

우리나라 유물유적에 신기한 과학이 숨어 있어요!
이영란 글 | 정석호 그림 | 글담출판 | 165쪽 | 2022 | 14,500원

기, 별자리 갯수, 24절기 등의 천문 과학이 녹아 있다. 날씨 변화를 예측하여 백성의 삶에 도움을 주고자 한 선덕여왕의 마음이 고스란히 느껴진다.

이처럼 이 책은 우리가 꼭 알아야 할 우리나라 유물유적에 대한 역사적 해석 뿐만 아니라 그 속에 숨어있는 여러 흥미로운 과학 정보들을 풍부한 사진자료, 삽화와 함께 재미있는 이야기로 풀어내 생생하게 상상하고 이해할 수 있도록 했다.

유물과 유적 속에 담겨있는 선조들의 놀라운 지혜와 삶의 안녕을 기원하는 마음은 현재를 살아가고 있는 우리에게 또 다른 감동을 줄 것이다. 교과서에서 벗어나 역사를 통해 과학을 배우고 과학을 통해 역사를 이해하는 데 호기심이 있는 학생들에게 이 책을 권하고 싶다.

#역사 #유물유적 #과학원리 #융합독서

교육과정(독서활동) 연계
[6사03-02] 불국사와 석굴암, 미륵사 등 대표적인 문화유산을 통하여 고대 사람들이 이룩한 문화의 우수성을 탐색한다.
[6사03-04] 고려청자와 금속활자, 팔만대장경 등의 문화유산을 통하여 고려 시대 과학 기술과 문화의 우수성을 탐색한다.
함께 볼 만한 콘텐츠
1. 그림책 『한눈에 펼쳐보는 문화유산 그림책』(이광표 글. 이혁 그림. 진선아이. 2023)
2. 유튜브 「시대를 능가하는 과학기술이 담긴 조선시대 발명품(국가유산채널)」
   (https://www.youtube.com/watch?v=XvqH-P4Llsw)
3. 유튜브 「문화유산 분석에 쓰이는 과학장비(YTN 사이언스)」(https://www.youtube.com/watch?v=cU9SVCkhGHY)

빵에서 시작된 생명공학

— 김은정

 '리틀 히포크라테스' 시리즈는 인체와 생명의 소중함을 생각하고 의사라는 직업에 관심을 가질 수 있도록 의학 분야를 안내하기 위한 목적으로 기획하여 1권 생명공학을 다룬『복제인간은 가능할까?』와 2권 약리학을 다룬『페니실린에서 항암제까지』가 출간되었다. 저자인 박승준 경희대 의대 교수는 호르몬의 작용을 밝히는 연구를 했고, 최근에는 비만의 사회적 요인과 해결책을 찾는 연구를 하고 있어『내 몸의 설계자, 호르몬 이야기』,『비만이 사회문제라고요?』 등의 책을 지었다.

 『복제인간은 가능할까?』는 생명공학의 가치와 미래를 어린이들의 눈높이에 맞춰 쉽고 흥미진진하게 이야기한다. 생명공학이란 생명을 뜻하는 'Bio'와 공학을 뜻하는 'Technology'가 합쳐진 단어로, 생명체의 구조나 기능을 더 잘 이해하고 수정해 새로운 제품이나 기술을 개발하는 분야다. 세포 안의 유전자를 조사하고, 필요하다면 유전자를 바꾸어서 질병을 치료하는 약을 만들거나, 가뭄이나 홍수에도 끄떡없이 자라는 벼나 밀을 만드는 등 생명체를 더 건강하게 살 수 있도록 하는 학문이기에 우리나라를 비롯한 많은 나라에서 생명공학 기술 개발에 큰 노력을 기울이고 있다.

 '효모'라는 미생물의 도움으로 발효식품으로 거듭난 빵이 그 시작이라고 말할 수 있다. 거미 능력을 갖춘 스파이더맨은 생명공학의 가장 중심이 되는 '유전자재조합기술'로 탄생했다. 코로나19를 통해 친숙해진 PCR 검사와 DNA를 자르고 수정한 유전자 가위 기술로 '맞춤 아기'가 가능한 혁신 기술이 흥미진

복제인간은 가능할까?
박승준 글 | 이한울 그림 | 봄마중 | 124쪽 | 2024 | 14,000원

과학

진하다. Q&A 형식으로 풀어낸 DNA 이야기, 중요한 이론과 발명에 밑줄, 어려운 단어는 빨간색으로 강조한 후, '알아두면 힘이 되는 의학 용어 풀이'에서 설명을 덧붙여 어려운 의학 내용을 이해하는 데 도움을 준다. 글의 내용을 보충하기 위해 재미있는 삽화, 도표와 사진 등 시각 자료를 활용한 점, 영화 〈쥐라기 공원〉, BTS 노래 〈DNA〉 등 아이들에게 익숙한 콘텐츠로 생명공학 기술을 설명한 점이 돋보인다.

이와 더불어 복제인간, 맞춤 아기와 같이 혁신 기술에 따른 사회적, 윤리적 문제를 더 깊이 고민해야 함을 시사하고 있어 토론하기 좋다. 생명과 관련된 학문이기에 인간 존중과 생명 윤리에 대해 생각해 볼 수 있다. 이 책을 통해 생명공학과 관련된 의학 기술 지식을 알고, 환경 문제, 보건의료 문제, 식량 부족 문제, 에너지 자원 고갈 문제 등을 해결하는 데 생명공학이 어떻게 사용되는지 살펴볼 수 있다. #생명공학 #DNA #유전자_재조합 #생명윤리

교육과정(독서활동) 연계
[6과04-03] 우리 생활에 첨단 생명과학이 이용된 사례를 조사하여 발표할 수 있다.
[6사08-06] 지속가능한 미래를 건설하기 위한 과제(친환경적 생산과 소비 방식 확산, 빈곤과 기아 퇴치, 문화적 편견과 차별 해소 등)를 조사하고, 세계시민으로서 이에 적극 참여하는 방안을 모색한다.
[6사02-02] 생활 속에서 인권 보장이 필요한 사례를 탐구하여 인권의 중요성을 인식하고, 인권 보호를 실천하는 태도를 기른다.
함께 볼 만한 콘텐츠
1. 그림책 『황금쌀과 슈퍼 연어의 비밀』(장기선 글. 김민정 그림. 국립생태원 감수. 국립생태원. 2017)
2. 유튜브 「생명 기술의 발달」(https://www.youtube.com/watch?v=YgYi6s1Ptn8)
3. 영화 「제미니 맨」(2019)

우리 함께 행복하게 살아요

— 임정연

"지금 누구와 함께 살고 있나요?"라고 누군가 묻는다면 뭐라고 답해야 할까? 대부분은 거주지를 기준으로 한집에 사는 가족이나 반려동물을 말할 것이다. 범위를 지구 전체로 확대해 보자. 지구상에 존재하는 모든 생명체가 나와 함께 살고 있다. 함께 살기 위해선 서로 배려와 타협을 통해 맞춰가야 한다. 그래야 각자의 행복을 침해하지 않고 공존할 수 있기 때문이다.

이 책은 동·식물과 인간이 어떠한 방식으로 어우러져 살아야 하는지를 화려한 색채와 읽기 쉬운 만화식 구성으로 보여준다. 우리에게 영감을 주는 동물, 인물, 그리고 삶을 바친 사람들을 소개하며 공존을 위한 바람직한 자세와 구체적인 방법을 알려준다. 그 내용을 목차별로 간단히 소개한다.

첫 번째 목차는 「영감을 주는 동물들」이다. 유대감으로 똘똘 뭉친 꿀벌 공동체, 유익한 공생관계인 아카시아와 개미, 친절한 자원봉사자 돌고래 등 생존을 위해 협력 방식을 택한 동물들을 볼 수 있다. 장애가 있는 돌고래를 입양하는 향유고래, 위험에 빠진 동료를 망설임 없이 구하는 쥐 등의 사례를 보며 협력이 주는 가치를 생각해보게 한다.

두 번째 목차는 「영감을 주는 인물들」이다. 침팬지의 어머니라 불리는 제인 구달, 미국 첫 환경학자 존 뮤어, 영국 자연학자 데이비드 애튼버러 등의 인물을 소개한다. 자연 속에 몸을 던져 동물들을 관찰하고 환경을 연구한 그들의 행적을 따라가며 그 덕에 평범한 시민들도 자연을 공부하고 이해하게 되었음을 알 수 있다.

| 초1 | 초2 | 초3 | 초4 | 초5 | 초6 | 중1 | 중2 | 중3 | 고1 | 고2 | 고3 | 성인 |

우리 함께 살아요
에릭 마티베 글 | 마를렌 노르망드 그림 | 지연리 옮김 | 머스트비
151쪽 | 2023 | 16,000원

과학

세 번째 목차는 「삶을 바친 사람들」이다. 밀렵꾼으로부터 코끼리를 지키는 짐바브웨 여성 조직, 1년에 2백 톤 이상의 바다 쓰레기를 건져 모으는 해양 청소부 보얀 슬랫 등 어려운 환경 속에서도 자연과 생명을 위해 투쟁하는 모습을 소개한다. 삶을 바쳐 헌신한 그들의 용기는 독자에게도 용기를 주며 앎을 행동으로 실천하도록 도와주는 기폭제가 된다.

생존경쟁이라는 말이 있다. 다윈의 진화론에서 나오는 핵심 개념으로, 생물은 한정된 자원, 즉 먹이나 서식 장소를 차지하기 위해 경쟁한다는 뜻이다. 그러나 경쟁이 아닌 협력의 방식을 택해 살아남은 사례를 우리는 심심찮게 찾아볼 수 있다. 그 결과는 하나의 생존이 아닌 여럿의 공존이다.

"자연의 실 한 가닥을 잡아당기면, 우리는 남은 세계가 이 실 끝에 연결되어 있음을 알게 된다." 미국 환경학자 존 뮤어의 말이다. 생태계는 하나의 털실로 짜인 목도리처럼 지독하게 얽혀있다. 자연이 없다면 우리도 존속할 수 없다는 점을 기억하며 이 책을 통해 행복한 공생의 방법을 찾아보도록 하자. '함께 행복'하려면, '함께 노력'해야만 한다. #환경 #자연 #공생 #협력 #생태계

교육과정(독서활동) 연계
[4과14-03] 인간 활동이 생태계에 미치는 영향을 조사하고, 생태계 보전을 위해 우리가 할 수 있는 일을 토의하여 실천할 수 있다.
함께 볼 만한 콘텐츠
1. 그림책 『멋진 하루』(안신애 글·그림. 고래뱃속. 2016)
2. 그림책 『네가 되는 꿈』(서유진 글·그림. 브와포레. 2023)
3. 그림책 『고래를 삼킨 바다 쓰레기』(유다정 글. 이광익 그림. 와이즈만북스. 2019)

새의 비밀을 아름답게 보여주는 책

— 노훈금

　이 책은 전 세계에 있는 다양한 새의 행동을 자세히 관찰하며 이들 감각의 비밀을 살펴볼 수 있는 책이다. 가지 위에서 수컷 무희새가 춤을 추는 것은 짝짓기를 하는 행동이다. 오스트레일리아까치가 함께 모여 노래하는 모습을 그린 장면은 가운데 해를 둘러싸고 함께 합창하는 듯한 느낌이 든다. 청둥오리가 물속에 머리를 박고 물질을 하는 행동에도 이유가 있다는 것을 알려준다.

　이 책의 제목을 보고 '새가 된다는 건 어떤 것일까?'라고 질문을 던져본다면 이 책이 어떤 시각으로 새를 바라보는지 설명이 될 것이다. 그동안 동물에 관한 책들은 대부분 그들이 사는 곳, 먹이 같은 동물의 생태에 관한 것들이 주된 내용이었다. 그런데 이 책은 제목에서부터 "어떻게 느끼고 살아가는가"라는 것에 관심을 갖게 해준다. 부제 '새들은 어떻게 먹고, 느끼고, 사랑할까'에서 이 책의 관점을 한마디로 보여준다.

　부모나 교사가 책에 나온 문장 그대로 읽어주어도 아이들은 충분히 즐길 수 있을 것 같다. 꼼꼼하게 새의 생태를 관찰한 장면을 말하듯이 표현한 문장은 이 책이 자연관찰 책인지, 동화책인지 헷갈리게 할 수 있다. 하지만 책의 양쪽 면을 쫙 펼쳐 보기만 해도 그 자체로 아름다움이 돋보인다. 그림의 힘이 느껴지는 순간이다. 세계적인 조류학자이며 동물학 교수인 팀 버케드가 글을 쓰고, 연필을 처음 잡았을 때부터 동물을 그렸다는 캐서린 레이너가 그림을 그린 책이어서, 동물에 대한 애정이 더욱 느껴진다. 새의 특징을 나타내는 부분과 소리와 몸짓 등이 크고 작은 글씨로 표현되어 있어 책을 보는 시각과 소리

새가 된다는 건
팀 버케드 글 | 캐서린 레이너 그림 | 노승영 옮김 | 원더박스
48쪽 | 2023 | 16,800원

내어 읽을 때 더 생동감이 느껴질 수 있는 청각을 함께 동원해서 읽을 수 있다. 자세히 보면 깃털의 보드라운 감촉도 느껴진다.

하늘을 날아다닌다는 것은 어떤 느낌일까. 해마다 때가 되면 먼 거리를 이동하는 것은 왜일까. 이런 것들을 생각하다 보면 새 한 마리에 대한 관심이 결국 이 세상에서 함께 살아가는 많은 생명들과 연결된다.

우리는 잘 알지 못할 때 서로를 이해하지 못한다. 조금이라도 알게 되면 한 발짝 더 가까이 다가갈 수 있다. 강 표면에 미끄럼을 타며 내려앉는 새 한 마리를 발견했을 때 신기했던 마음이, 어린 시절 얼음판에서 미끄럼을 타며 놀던 나 자신을 떠올리게 한다. 새에 대한 관심이 다른 동물에 대한 관심으로 이어진다면, 더 나아가 세상에 대한 관심으로 이어진다면 우리는 좀 더 세상에 대해 여유와 감사의 마음을 갖게 되지 않을까.

#생물 #동물 #조류 #새

교육과정(독서활동) 연계
[4과02-02] 다양한 환경에 서식하는 동물을 조사하여 동물의 생김새와 생활 방식이 환경과 관련되어 있음을 설명할 수 있다.
[12생과01-07] 개체군과 군집의 특성을 이해하고 이들의 상호작용의 예를 조사하여 발표할 수 있다.
함께 볼 만한 콘텐츠
1. 책 『새의 언어』(데이비드 앨런 시블리 글. 김율희 옮김. 윌북. 2021)
2. 책 『새의 감각』(팀 버케드 글, 커트리나 밴 그라우 그림, 노승영 옮김. 에이도스. 2015)
3. 책 『세상에서 가장 재미있는 83가지 새 이야기』(가와카미 가즈토, 미카미 가쓰라, 가와시마 다카요시 글. 마쓰다 유카 그림. 서수지 옮김. 사람과나무사이. 2020)

一 중학교

뜨끈한 복국 같은 사람들

— 서미경

　연세대학교 언론홍보영상학부 김주환 교수는 그의 저서 『회복탄력성』에서 미국 심리학자 에미 워너 교수의 '하와이 카우아이섬 연구'를 소개했다. 카우아이섬은 가난과 질병에 시달렸고, 대다수가 범죄자나 정신질환자였다. 이러한 환경에서 건강한 시민으로 성장한 35퍼센트 사람들의 공통점을 이야기한다. 바로 기댈 언덕이 되어주었던 사람이 적어도 한 사람은 있었다는 것이다. 인간은 사랑을 먹고 산다는 것. 이 책은 그 '기댈 언덕'에 관해 이야기이다.

　비딱한 시선으로 독자를 응시하는 주인공 두현의 눈빛과 강렬한 파란색 표지가 시선을 끈다. 제12회 문학동네 청소년문학상 대상과 제14회 권정생 문학상을 받은 『훌훌』을 쓴 문경민 작가의 최신작이다.

　작품의 화자인 두현은 특성화고 기계과 2학년이다. 금강복집을 운영하고 계신 할아버지, 할머니와 살고 있다. 화물차 기사였던 아버지는 돈 문제로 교도소에 복역 중이다. 청산가리를 먹고 스스로 목숨을 끊은 어머니의 죽음은 아직도 이해되지 않는다. 너무 후진 세상이 끊임없이 두현을 괴롭힌다. 친구들 앞에서는 괜찮은 척하며 자신을 다독이지만, 돌아가신 어머니에 대한 주변의 수군거림 때문에 무너진다. 아버지에 대한 원망이 자꾸 올라온다. 공격을 받으면 공기를 들이마셔서 앞 배를 불룩 내밀고, 독을 품어 자신을 보호하는 복어처럼 치유되지 않은 상처를 마음에 품고 웅크리며 살아간다. 하지만 예상치 못한 사건과 만남을 겪으며 두현은 자신의 상처를 외면하지 않고 힘껏 껴안아 한 걸음 한 걸음 앞으로 나아간다. 무너져가던 두현을 일으켜 세운 건 무엇이

나는 복어
문경민 글 | 문학동네 | 192쪽 | 2024 | 12,500원

문학

었는지 책을 통해 확인하길 바란다.

이 소설은 우리 사회의 여러 모순을 드러내고 있다. 보호받지 못하는 특성화고 현장실습 고등학생의 현실, 자극적인 기사를 써대는 기자들, 돈과 학벌로 사람을 재단하는 사회를 통해 현실을 되돌아보게 한다.

지난해 여름방학에 특성화고 보건간호학과로 진학한 학생들을 만났다. 마침 병원 실습을 시작한 아이들은 어려움을 털어놓았다. 사회에 뛰어들기에는 아직 어린 학생들이 안쓰럽기도, 대견하기도 했다. 아이들에게 점심을 배부르게 사주며 안아주었다. 『나는 복어』를 읽는 내내 이들 생각이 많이 났다. 부디 다치지 않기를. 무사하기를. 세상이 그들에게 따뜻하기를.

말로 설명하기 어려운 청소년의 복잡한 감정을 시각적으로 표현한 문장들이 인상적이다. 세상이 나에게만 친절하지 않은 것 같은 학생, 특성화고 진학을 고려하고 있는 학생, 사회 문제에 관심이 많은 학생에게 이 책을 권한다.

#특성화고 #1인칭시점 #성장소설 #사회문제 #현장실습생

교육과정(독서활동) 연계
[9국05-03] 인간의 성장을 다룬 작품을 읽으며 문학의 가치를 내면화한다.
[9국05-09] 문학을 통해 타자를 이해하고 공동체의 문제에 참여하는 태도를 지닌다.
함께 볼 만한 콘텐츠
1. 책 『알지 못하는 아이의 죽음』(은유 글. 임진실 사진. 돌베개. 2019)
2. 책 『회복탄력성』(김주환 글. 위즈덤하우스. 2019)
3. 영상 「무너진 청춘의 꿈, 고교생 현장실습 잔혹사(YTN)」

잃어버린 조각을 찾아 우리의 퍼즐을 완성하는 법

— 김담희

　먼지가 내려앉은 일기장에서 잊어버린 가족과 소중한 시간을, 연인과 주고받은 편지에서 한때 무엇보다 소중했으나 어느새 잃어버린 감정을, 마주 앉은 친구의 얼굴에서 놓쳐버린 친구를 향한 내 마음을 찾은 적이 있다. 그들은 모두 나를 이루는 작고 소중한 조각이었으나, 그 자리에 있는 것이 너무 당연해서 혹은 미처 들여다보지 못해서 지나쳤던 조각들이었다. 저마다 다른 모습으로 떠올릴 이 잃어버린 조각들은 소설 속에서 녹주의 오른쪽 속눈썹으로, 책장 너머로 사라진 아이로, 도서관 어딘가에 숨겨놓은 책으로 등장한다.

　2022년 출간된 『더 이상 도토리는 없다』라는 도서관 소설집 표제작의 확장판이자 연작소설로 쓰인 이 소설은 도서부 세 친구 녹주, 차미, 오란을 중심으로 잃어버린 작은 조각들을 찾아 나서는 이야기다. 이들은 온데간데없이 사라진 녹주의 오른쪽 속눈썹을 찾아 나서다 친구가 되고, 책을 숨기는 도서관 다람쥐를 함께 찾으며 좋아하는 것을 나누는 사이가 된다. 그렇게 서로의 잃어버린 조각들을 찾고 나누는 동안 그들은 서로가 서로에게 사라진 조각의 자리를 대신하는 존재가 된다.

"나는 속눈썹을 찾았고 속눈썹을 찾은 건 어디였을까 기억을 더듬다 속눈썹을 잃어버린 곳을 알지 못하는 것과 마찬가지로 알 수 없을 거라고. 하지만 이제 사라지는 것은 두렵지 않고 조금은 슬프지만 견딜 만하다고 생각했다."(41쪽)

속눈썹 혹은 잃어버린 잠을 찾는 방법
최상희 글 | 돌베개 | 208쪽 | 2023 | 14,000원

세 주인공은 각자의 퍼즐을 완성하는 데서 멈추지 않고 이 세계의 더욱 작은 조각을 찾아 밝은 눈으로 들여다보고 귀를 기울인다. 길고양이 코점이를 함께 찾으며 길 위의 생명을 돌보는 이웃과 연결되고, 학교 도서관 권장 도서 논란의 해결 방법을 모색하며 자신이 좋아하는 도서관의 모습을 지켜내고자 노력한다. 또한, SNS의 혐오에 맞서 그 누구도 외롭지 않도록 서로의 곁에 머문다. 때로는 경쾌하게, 때로는 사려 깊게 그들이 지켜낸 세계 안에서 작고 연약함은 더 이상 약점이 아니다.

이 씩씩하고 사랑스러운 모험담을 읽는 동안 독자는 그들이 마침내 완성하게 될 퍼즐을 상상하게 된다. 작고 연약한 존재들을 돌보는 마음으로 완성한 이 퍼즐은 분명 지금 우리가 지키고 싶은 세계의 모습과 똑 닮아있다.

#미스터리 #사춘기 #도서부 #연대 #우정 #친구

교육과정(독서활동) 연계
[9국01-04] 상대의 말을 경청하고 상대의 감정과 입장에 공감하는 반응을 보이며 대화한다.
[9국01-07] 토의에서 다양한 의견을 교환하여 대안을 마련하고 문제를 해결한다.
[9국01-09] 서로의 감정이나 바라는 바를 진솔하게 표현하면서 갈등을 조정한다.
[9국05-09] 문학을 통해 타자를 이해하고 공동체의 문제에 참여하는 태도를 지닌다.
[9사(일사)01-03] 우리 사회에 나타나는 다양한 갈등과 차별의 사례를 조사하고, 이에 대처하는 시민의 자질에 대해 토의한다.
[10공국2-01-02] 쟁점과 이해관계를 고려하여 문제를 해결할 수 있는 대안을 탐색하며 협상한다.
함께 볼 만한 콘텐츠
1. 책 『더 이상 도토리는 없다』(최상희 외 글. 돌베개. 2022)
2. 책 『도서관은 살아 있다』(도서관여행자 글. 마티. 2022)
3. 영상 「속눈썹, 츄르, 교장선생님, 금서, 약속」(돌베개 공식 유튜브. 2023)

문학

열다섯 주노와 엄마, 유기견들과 함께 집에서 쫓겨나다

— 배고은

이야기는 주인공 '이주노'와 엄마, 엄마가 주워 온 유기견들을 중심으로 전개된다.

아빠가 돌아가신 후 우울증에 걸린 엄마, 여동생 주디, 그리고 엄마가 길에서 주워 온 유기견들과 함께 주노는 길바닥으로 쫓겨난다. 쫓겨난 주노 가족은 당장 먹을 끼니도 걱정해야 할 만큼 형편이 어렵다. 많은 유기견을 데리고 살 수 있는 집을 구하는 건 상상도 못한다. 그래서 주노 엄마는 주노와 주디, 그리고 유기견들을 데리고 공터에 버려진 버스에서 살기 시작한다.

대책 없는 엄마와 걸핏하면 아픈 유기견들 때문에 힘든 주노는 학교에서도 어려움을 겪는다. 강효재와 그의 친구들(일명 밥통들)이 주노를 못살게 굴고, 담임선생님은 주노의 상황을 신경 써주지 않는다. 열다섯 나이에 감당하기 힘든 아픔을 겪는 주노. 주노는 이렇게 힘든 상황을 어떻게 해결해 나갈까?

책에서는 우리가 주변에서 쉽게 접할 수 있는 소재들이 등장한다. 유기견, 애니멀호더, 학교 폭력, 위장 전입, 취약 계층 등 한 번쯤 들어보고 고민해 봤을 문제이다.

이 문제들은 쉽게 해결할 수 없어서 더 무거운 마음이 들지만, 그래도 외면할 수 없는 문제이다. 그래서 이 소설이 현실적으로 다가왔다. 이 문제를 해결하려 노력하는 주노와 친구들, 그리고 점점 변화하는 어른들의 모습이 인상 깊은 작품이다. 특히 주인공 주노가 느끼는 감정에 몰입하면 때론 화가 나기도 하고 가슴 아프기도 한다.

울지 않는 열다섯은 없다
손현주 글 | 다산책방 | 212쪽 | 2023 | 13,000원

세상에 내 편은 없는 것 같다고 느끼는 십대들에게 내면의 강인함을 찾을 수 있게 도와주는 책, 『울지 않는 열다섯은 없다』를 주인공 또래 중학생들에게 추천한다.

#청소년 #교육 #유기견 #애니멀호더 #학교 폭력 #위장 전입 #취약계층

문학

어린이의 품위

— 허민영

"나는 어린이들이 좋은 대접을 받아 봐야 계속 좋은 대접을 받을 수 있다고 믿는다. 정중한 대접을 받는 어린이는 점잖게 행동한다. 어린이도 사회생활을 하고 있으며 품위를 지키고 싶어 한다는 것이다."

『어린이라는 세계』의 한 구절이다. 이 책은 어린이의 존재에 주목하는 사회 분위기를 형성하는 데 크게 기여했다. 책을 쓴 김소영 작가는 어린이의 품위에 관해 이야기한다. 그는 어린이들이 단순히 보호받아야 하는 연약한 존재가 아니라, 독립적 인격체로서 존중받아야 한다는 점에 주목한다. 이러한 관점은 어린이를 대하는 어른들의 태도에 변화를 요구하며, 어린이를 사회의 동등한 구성원으로 대우해야 한다는 메시지를 전달한다.

『똑똑한데 가끔 뭘 몰라』의 주인공 정원은 품위 있는 어린이다. 품위는 사람의 인격과 태도에서 드러나는 고상함과 존엄함을 의미하며, 품위 있는 사람은 어려운 상황에서도 자신의 가치를 지키고 올바르게 행동한다. 정원은 자신이 원하는 친구와 짝꿍을 할 수 없다는 학급 규칙에 불만을 느낀다. 하지만 그 불만을 속으로 삼키지도, 가볍게 표현하지도 않는다. 대신 담임선생님이 읽는 일기를 통해 자신의 불만을 정중하고 솔직하게 전달함으로써 감정을 누르지 않고 상황을 품위 있게 해결하려고 노력한다.

「짜장 라면은 소중해」 에피소드에서도 정원의 품위가 돋보인다. 이 에피소드에는 준서의 할머니가 끓여준 짜파게티를 먹는 장면이 등장한다. 정원은 짜

똑똑한데 가끔 뭘 몰라
정원 글·그림 | 미디어창비 | 152쪽 | 2023 | 15,000원

문학

파게티가 맛이 없지만, '맛이 있냐'는 할머니의 물음에 "그럭저럭 먹을 만해요"
라고 대답한다. 할머니의 마음을 생각하는 정원의 품위는 인상적이다. 정원은
친구 관계에서도 품위를 지키기 위해 노력한다. 여기에서 가장 흥미로웠던 장
면은 정원이 짜파게티와 우유를 함께 먹는 준서의 방법을 따라서 그대로 먹어
보는 장면이다. 타인의 방식을 받아들이는 품위는 사람과의 관계를 더욱 의미
있게 만든다. 이렇게 정원의 품위는 모든 에피소드 곳곳에 흠뻑 묻어 있다.

　품위 있는 어른을 발견하는 건 이 책의 또 다른 즐거움이다. 정원의 일기를
보고 학급 운영에 변화를 준 담임선생님, 집에 온 손님에게 음식을 대접한 준
서 할머니, 베트남에서 온 하리를 위해 식단을 고민한 영양사선생님. 이들의
품위는 어린이를 존중하는 마음이 기본이 된다. 품위 있는 대접을 받아본 어
린이가 어른이 되어 같은 대접을 할 수 있다. 건강한 대물림은 사회가 올바른
방향으로 가기 위해 필요하다. 그렇기 때문에 이 책을 어린이뿐만 아니라 어
린이와 가장 밀접한 곳에서 교육으로 만나는 모든 교육자에게도 추천한다.

　#만화 #어린이 #공존

교육과정(독서활동) 연계
[9국05-10] 인간의 성장을 다룬 작품을 읽으며 삶을 성찰하는 태도를 지닌다.
함께 볼 만한 콘텐츠
1. 책 『어린이라는 세계』(김소영 글. 사계절. 2020)
2. 유튜브 「세바시 강연 Sebasi Talk '어린이를 환영해주세요'」

고요하고 사소한 보통의 마음과 특별한 우연

— 이슬기

　얼핏 보면 지극히 평범하고 잔잔한 보통 사람처럼 보일 수 있지만 내면은 그 누구보다 단단해서 스스로 빛을 내며 반짝이는 사람들이 있다. 이 소설의 주인공 수현이 또한 그렇다. 스스로를 재미없는 사람이라고 생각하지만, 수현이의 다정함은 주변 사람들의 마음을 편안하게 만드는 힘을 갖고 있다. 『고요한 우연』 속에서는 그런 수현을 중심으로 잔잔하지만 단단한 이야기들이 펼쳐진다.

　누군가에게는 평범할 수 있는 모습도 특별하게 만드는 고요, 조용하고 존재감 없지만 달의 뒷면처럼 보이지 않는 모습을 궁금하게 만드는 우연. 그리고 수현이가 좋아하는 1학년 9반의 다정한 반장 정후와 수현이 인생의 가장 큰 행운이라고 생각하는 소중한 친구 지아까지. 한 교실에 고등학교 1학년 친구들이 모여 있다. 어느 날 꿈에 나오면서부터 수현의 눈에 들어오기 시작한 친구 우연이가 계기가 되어 그저 선망의 대상에 불과하다고 생각한 고요와 정후를 온라인 공간에서 만나 더없이 솔직한 마음들을 나눈다.

　『고요한 우연』은 우리 교실에 함께 있었지만, 한 번도 눈에 띄지 않았을지도 모르는 보통 아이들의 내면을 깊고 섬세하게 담고, 그 마음이 이야기를 단단하게 이끌어 나가고 있다. 주인공들의 심리를 따라가다 보면 우리는 알게 된다. 다른 세상에 살고 있는 것처럼 특별하게 보이는 사람도 어쩌면 별다를 것 없이 평범한 사람이었다는 것을. 지극히 보통 사람이라고 생각한 내가 누군가에게는 특별한 사람일지도 모른다는 것을 말이다. 그리고 친구들의 고요한 보통의 마음이 모여 특별한 우연의 순간이 만들어지는 것처럼, 평범한 사람들이 갖고

| 초1 | 초2 | 초3 | 초4 | 초5 | 초6 | 중1 | 중2 | 중3 | 고1 | 고2 | 고3 | 성인 |

고요한 우연
김수빈 글 | 문학동네 | 232쪽 | 2023 | 12,500원

있는 작은 힘이 모여 사회 속에서 큰 힘을 발휘할 수 있다는 것을.

소설을 읽다 보면 이야기 주변을 우주와 달이 맴돌고 있다는 느낌을 받게 될 것이다. 이 책이 갖고 있는 여러 매력 포인트 중 하나는 바로 소설의 큰 흐름을 이어주는 미국의 달 탐사 계획 '아폴로 프로젝트'다. 아폴로11호와 우주선의 선장 닐 암스트롱, 고요의 바다에 안착한 착륙선 이글, 달을 눈앞에 두고도 비행을 위해 달을 밟아 보지 못한 조종사 마이클 콜린스까지, '아폴로 프로젝트'가 수현이와 친구들의 이야기를 단단하게 이어주고 있어 우주와 달 사이에서 친구들의 관계를 따라가다 보면 어느새 책 속으로 스며들어 있을 것이다.

수현이만의 방식으로 친구들과 새로운 관계가 형성되며 서로 나누게 된 위로와 위안이, 평범하고 사소할 수 있는 선의가 만들어낸 변화가 더없이 특별하고 아름다워 보이는 이유는 그 안에 진심이 담겨 있기 때문 아닐까? 우리도 오늘 같은 공간에 있는 누군가를 위해 사소한 선의와 보통의 마음을 전해보는 건 어떨까? #친구 #SNS #평범 #다정

교육과정(독서활동) 연계
[9국05-03] 인간의 성장을 다룬 작품을 읽으며 문학의 가치를 내면화한다.
[9수05-09] 문학을 통해 타자를 이해하고 공동체의 문제에 참여하는 태도를 지닌다.
[9도01-04] 옳고 그름을 분별할 수 있는 도덕적 기준을 탐구하고, 도덕적 상상력을 바탕으로 일상의 도덕 문제들에 도덕적 추론을 적용할 수 있다.
[9도02-02] 친구의 의미와 가치를 삶의 맥락 속에서 탐구하고, 서로를 인격적으로 존중하는 친구 관계를 상상하며 이를 실현하는 의지를 기른다.
함께 볼 만한 콘텐츠
책 『우리의 정원』(김지현 글. 사계절. 2022)

어쩌면 우리가 성장할 기회일지 몰라

— 서미경

　조별과제를 하다가 무임승차하는 친구 때문에 인류애가 바스러진 적이 있는 사람은 "이번 수행평가는 모둠활동이다"라고 말하는 선생님의 입을 틀어막고 싶을 것이다. 『조별과제를 하다가 폭발하지 않는 법』은 모둠 활동에서 발생하는 갈등이야말로 청소년 친구들이 한 걸음 성장할 기회라고 밝힌다.

　저자 윤미영은 30여 년간 학교에서 영어를 가르치다가 현재는 청소년상담복지센터에서 상담가로 활동 중이다. 저자는 청소년들의 관계 갈등이 가장 선명하게 드러나는 곳이 조별과제라는 점에 착안하여 한 번 배우면 평생 사용하는 관계 갈등 해소법을 제시한다. 책은 가상의 학생들이 편지 형식으로 고민을 상담하면, 작가가 상담가가 되어 조언하는 형식으로 기술되어 있다. 조별과제뿐만 아니라 학교에서 경험할 수 있는 다양한 대인관계 갈등 사례가 담겨있다. 어느 것 하나 내 일처럼 느껴지지 않는 것이 없다. 조언 또한 구체적인 사례를 통해 제시되어 있어 내 삶에 적용할 수 있겠다는 용기가 생긴다.

　사교육 열풍과 온라인 수업 등으로 학교 무용론이 대두되기도 했다. 하지만 코로나19 시대를 지나면서 사회성 및 문해력 저하 등 학생들이 겪은 어려움을 통해 '우리는 만나야 한다'라는 것을 배웠다. 학교는 지식만 배우는 곳이 아니라, 친구들과의 관계를 맺으며 공동체의 일원으로서 함께 살아가는 법을 배우는 곳이라는 것을 깨달았다.

　저자는 좋은 친구를 만나고 좋은 친구가 되기 위해 꼭 기억해야 할 세 가지를 강조한다. "첫째, 관계 갈등을 해결하자면 먼저 자기 자신을 사랑해야 한

조별과제 하다가 폭발하지 않는 법
윤미영 글 | 생각학교 | 223쪽 | 2023 | 14,000원

인문사회

다. 둘째, 진정한 관계는 서로 동등하다는 사실을 인정할 때 비로소 시작된다. 셋째, 좋은 관계를 원한다면 내가 대접받고 싶은 대로 상대방을 대해야 한다." 갈등은 피해야 하는 것, 나쁜 것이 아니라 우리를 한 걸음 더 성장하게 하며 내 마음을 살피는 기회라는 것을 가르쳐준다.

무임승차를 감행하는 친구 앞에서 당황하지 말자. 내 옆의 친구가 왜 의욕이 없는지 살펴볼 수 있는 여유와 시선을 가지도록 도움을 줄 것이다. 더불어 누군가에게 온전히 기대고, 또 그 손을 잡아줄 수 있는 마음을 배우는 것이 협동이며, 이것을 아는 것이 조별과제의 진정한 목적임을 배우게 될 것이다.

이 책은 멋진 결과물을 혼자 만들어내는 것보다 옆 친구를 따뜻하게 바라보는 눈을 갖는 일이 인생에서 더 중요함을 보여준다. 조별과제가 지구에서 사라지길 기도하는 학생과 모둠활동이라는 말에 뾰로통해진 학생들에게 진정한 협력의 의미를 전달한다. #대인관계 #조별과제 #갈등 #의사소통 #친구 #무임승차 #협력 #갈등해소법

> **교육과정(독서활동) 연계**
> [9기가01-11] 대인관계에서 발생하는 갈등의 원인과 배경을 분석하고, 효과적인 의사소통을 통해 갈등을 해결하는 방안을 탐색하여 이를 적용한다.
> [9도02-02] 친구의 의미와 가치를 삶의 맥락 속에서 탐구하고, 서로를 인격적으로 존중하는 친구 관계를 상상하며 이를 실현하는 의지를 기른다.
>
> **함께 볼 만한 콘텐츠**
> 1. 책 『체리새우: 비밀글입니다』(황영미 글. 문학동네. 2019)
> 2. 책 『청소년을 위한 데일카네기 인간관계론』(데일 카네기 글. 하늘땅사람 엮음. 책에반하다. 2023)
> 3. 유튜브 「EBS 다큐프라임-미래학교 2부(EBS)」(https://www.youtube.com/watch?v=uiqfxQW61EY&list=PLs4JGZn3dxT8rA5H2YF7vztzAUQRCo4ZP&index=6)

디스토피아가 도래한 오늘 우리는 무엇을 할 수 있을까?

— 김담희

사막처럼 모래바람이 몰아치는 황사를 피해 과학 전문 책방 '모모'에 모인 네 사람이 여기 있다. 신작가, 노학자, 한단결, 정직원. 이들은 각각 이 책을 만든 김보영 SF 작가, 이은희 과학 커뮤니케이터, 이서영 사회활동가, 지상의책 편집자를 반영한다. 네 사람 곁에 그들의 이야기를 듣는 비인간 존재가 있는데, 그들은 바로 고로롱 별에서 온 백설기와 양갱이다. 이 책은 모종의 이유로 인간에게 실망하여 지구를 떠나기로 한 백설기의 마음을 돌리기 위해 네 명의 인간이 흥미로운 질문과 대화를 이어가는 방식으로 마치 소설처럼 전개된다.

전편 『SF는 인류 종말에 반대합니다』가 SF 속 엉뚱한 질문을 통해 인류를 구할 답을 찾고자 했다면, 후속편인 이 책은 SF 속 위험한 질문을 통해 인간 존재의 경계를 확장하여 젠더, 장애, 로봇, 가상현실, 식물, 비인간 동물 등 다양한 존재와 공존하는 삶을 모색한다. 여기서 위험한 질문은 이 책의 핵심 요소이다. 당연하게 받아들여지는 사고방식을 거부하고 금기시되는 주제를 수면 위로 꺼내는 질문은 위험하다. 그러나 때로는 불편하고 위험한 질문만이 정확한 변화를 이끈다.

장애를 주제로 이야기를 시작할 때 엘리자베스 문의 『어둠의 속도』를 소개하며, '만약 자폐인이 자기 생각을 표현할 수 있다면 어떤 이야기를 할 수 있을까?'라는 질문을 던진다. 자폐인이자 동물학자인 템플 그랜딘과 조너선 스위프트의 『걸리버 여행기』에 관해 연이어 이야기하며 무엇이 정상이고 비정상인가에 대한 의문을 다각도로 제시한다. 이처럼 '성별을 둘로 나누는 것은 과연

SF는 고양이 종말에 반대합니다
_온 세상 작은 존재들과 공존하기 위해 SF가 던지는 위험한 질문들
김보영·이은희·이서영 글 | 지상의책 | 396쪽 | 2024 | 18,500원

인문사회

과학적일까?', '변화한 신체에 맞추어 정체성도 변화할까?', '로봇은 인간의 반려 존재가 될 수 있을까?', '인공지능 로봇도 노동조합을 만들 수 있을까?', '가상현실에서의 범죄는 어떻게 일어날까?', '인류가 멸망한 후에 지구에 남는 존재는 무엇일까?' 등 위험하고도 중요한 질문으로부터 출발한 다채로운 이야기와 풍성한 읽을거리, 그리고 이어지는 흥미로운 질문들을 얻을 수 있다는 점이 바로 이 책의 묘미이다.

질문과 이야기가 세상을 바꿀 수 있을까? 이 책을 다 읽은 우리는 알게 된다. 질문을 던지고 이야기를 이어나가는 일은 디스토피아가 도래한 오늘의 우리에게 어떻게든 살아갈 힘과 위기를 타개할 용기를 쥐여준다는 사실을 말이다. #SF #다양성 #공존 #정체성 #장애 #로봇 #가상세계

교육과정(독서활동) 연계
[9사(일사)01-03] 우리 사회에 나타나는 다양한 갈등과 차별의 사례를 조사하고, 이에 대처하는 시민의 자질에 대해 토의한다.
[9환05-02] 생태시민의 의미와 역할을 이해하여 미래 세대와 비인간 존재에 대한 배려와 존중이 필요함을 인식하고 배려의 대상과 범위에 대해 토의한다.
[12기지04-03] 정의, 책임 그리고 배려 등과 같은 생태시민의 덕목을 사례 탐구를 통해 이해하고, 인간 및 비인간이 함께 평화롭게 살아가는 공존의 세계를 위한 다층적 스케일에서의 실천 방안을 찾아 적극적으로 참여한다.
함께 볼 만한 콘텐츠
1. 책 『블러드 차일드』(옥타비아 버틀러 글. 이수현 옮김. 비채. 2016)
2. 책 『어둠의 속도』(엘리자베스 문 글. 정소연 옮김. 푸른숲. 2021)
3. 책 『바람계곡의 나우시카』(전 7권)(미야자키 하야오 글·그림. 학산문화사. 2008)
4. 책 『데카메론』(전 3권)(조반니 보카치오 글. 박상진 옮김. 민음사. 2012)
5. 책 『시녀 이야기』(마거릿 애트우드 글. 김선형 옮김. 황금가지. 2018)
6. 영화 『레디 플레이어 원』(2018)

청소년을 위한 국제분쟁 입문서

— 배고은

『10대를 위한 세계 분쟁지역 이야기』는 국제분쟁 입문서이다. 저널리스트이자 작가인 프란체스카 만노키는 수많은 국가를 다니며 국제분쟁을 몸소 체험하고 이에 대해 보도기사를 썼다. 작가의 경험담을 담은 이 책은 국제분쟁지역인 레바논, 아프가니스탄, 우크라이나, 이라크, 시리아의 이야기를 이해하기 쉽게 풀어서 설명한다.

이 책에서 제일 인상 깊었던 부분은 저자가 아프가니스탄에서 만난 친구 파힘과의 일화이다. 2021년 8월 파힘은 카르단대학에서 교수로 재직하고 있었다. 카르단 대학은 아프가니스탄 최고 인재를 양성하는 고등 교육기관으로 아프가니스탄에서 유명한 대학이다. 그해 5월은 미군이 아프가니스탄에서 철수하고 있었고, 그동안 탈레반이 다시 아프가니스탄을 재정복하기 시작했다. 작가가 파힘을 만난 2021년 8월, 파힘은 자신의 젊은 제자들이 가능한 한 빨리 졸업할 수 있도록 노력했다. 그는 교육이 아프가니스탄 사람들에게 자유를 안겨줄 핵심 수단이라고 생각했다. 이후 탈레반이 카불을 재정복하고 파힘이 아프가니스탄을 빠져나와 유럽에 도착해서 작가와 연락이 닿았다. 이때 파힘은 작가에게 말했다.

"당신이 카불에서 만난 사람은 대학교수였지만, 지금 대화를 나누는 사람은 그저 미천한 자일 뿐이에요. 전 이제 독일에서 구걸하는 아프가니스탄 난민이에요."

10대를 위한 세계 분쟁지역 이야기

프란체스카 만노키 글 | 김현주 옮김 | 구정은 감수 | 롤러코스터

240쪽 | 2023 | 16,800원

인문사회

파힘이 작가에게 전한 한마디가 세계 분쟁지역의 이야기를 대변하고 있었다. 이어 파힘이 작가에게 전한 말도 충격적이었다.

"우리가 처음 만났을 때 제 우선순위는 제자들의 시험이었어요. 지금은 제 몸에 맞는 바지와 신발 한 켤레가 더 귀해요. 이제 제게는 그런 것이 없거든요. 예전의 저는 선생이었는데, 지금은 제가 누군지도 모르겠어요."

이 책은 내전을 겪으며 고통받은 피해자들, 공습 속에 살아남아야 하고 폐허 속에서 삶을 이어가야 하는 사람들의 목소리를 전한다. 세계의 분쟁은 먼 이야기처럼 들릴 수 있지만, 지구 반대편에서 일어나는 일이 우리의 일상에도 영향을 끼칠 수 있음을 깨닫고 관심을 가져야 한다. 세계 국제분쟁에 대해 알고 싶은 학생들에게 이 책을 추천한다. #인권 #전쟁 #평화 #내전 #전쟁난민 #국제분쟁

교육과정(독서활동) 연계

[12국관03-01] 인류가 직면한 평화와 안전의 상황을 다각적으로 조사한다.

[12국관03-02] 개인, 국가, 국제 사회의 평화와 안전을 위협하는 요인을 정치, 경제, 사회, 문화의 다양한 영역에 걸쳐 파악하고 이를 해결하기 위한 실천 방안을 탐색한다.

[12국관03-03] 역동적인 국제 관계 속에서 우리나라가 당면한 평화와 안전의 문제를 파악하고, 평화와 안전을 도모할 수 있는 구체적인 방안에 대하여 토론한다.

함께 볼 만한 콘텐츠

1. 책 『국제 분쟁으로 보다, 세계사』(송영심 글. 풀빛. 2024)

2. 책 『국제분쟁, 무엇이 문제일까?』(김미조 글. 동아엠앤비. 2021)

3. 책 『팔레스타인 100년 전쟁』(라시드 할리디 글. 유강은 옮김. 열린책들. 2021)

인문학적 접근을 통한 체육 교과의 재발견

— 허민영

    초등학교 4학년, 육상을 계기로 운동에 발을 들인 저자는 중학교 2학년부터 고등학교 2학년까지 레슬링 선수로 활동한다. 하지만 고등학교 3학년 때 운동선수로 살아가기에 부족한 재능을 인정하고 운동을 그만둔다. 이후 그는 체육을 가르치는 교사의 길을 걷는다. 운동선수에서 체육교사로 평생 운동과 함께한 그가 바라보는 스포츠 세계는 어떠할까? 책에는 저자의 깊고 넓은 스포츠 시각이 온전히 담겨 있다.

    책은 스포츠 유래와 규칙, 스포츠 정신, 국가와 스포츠, 스포츠 이야기라는 총 네 개의 주제를 다룬다. 각 주제는 약 열 개의 질문으로 구성되어 있으며, 이 질문들은 독자의 호기심을 자극하고 그에 대한 답변을 통해 필요한 정보를 제공하는 방식으로 전개된다. 글에는 삼십 년 경력을 가진 체육 교사의 풍부한 경험이 잘 녹아 있다. 저자의 경험을 바탕으로 한 실질적인 조언과 통찰력은 독자에게 큰 도움이 된다. 특히 이야기를 건네는 듯한 다정한 문체 덕분에, 독자는 마치 학교 체육 수업을 듣는 듯한 생동감과 현장감을 느낄 수 있다.

    저자는 누구나 한 번쯤 해봤을 상상을 질문으로 포착한다. 올해 필자가 근무하는 학교에서는 교내 피구 경기에 출전한 학생이 상대의 공에 맞았는지 여부를 두고 논란이 있었다. 공에 맞지 않았다고 결론을 내리고 경기를 재개했지만, 상대 팀은 심판에게 원망을 쏟아냈다. 만약 로봇 심판이 있었다면 어땠을까? 책은 야구 경기에서 로봇 심판이 시범 운영되고 있는 사례를 언급하며 독자의 지적 호기심을 채워준다.

쫌 이상한 체육시간
최진환 글 | 창비교육 | 236쪽 | 2022 | 16,500원

인문사회

올림픽 기간에는 선수 도핑과 관련한 뉴스를 심심치 않게 볼 수 있다. 선수는 왜 도핑의 유혹에서 자유롭지 못할까? 저자는 국제 스포츠가 갈수록 성적 지상주의에 빠져들고 있는 현실에서 과학과 의학이라는 보조 수단의 유혹을 외면하기 어려운 상황을 직시한다. 그리고 단순히 '도핑은 나쁜 것'이라고 말하는 것이 아닌 경제적 지원이 좋은 성적을 내는 데 큰 비중을 차지하는 현실을 살피며 정당한 운동 능력 향상 방법과 부정한 도핑의 경계에 관한 추가 질문을 던진다.

이 책은 스포츠를 마중물로 사용한 인문학 저서이다. 그렇기에 독자는 스포츠를 매개로 인간의 삶을 보다 깊이 이해할 수 있다. 모든 주제 마지막에는 관련 내용을 인문학적으로 생각하도록 제안하는 추가 질문과 활동이 있는데, 이러한 부분은 이 책을 독보적으로 만들며 토론과 논술로 확장할 수 있는 단초가 된다.

#체육 #스포츠 #체육과협력수업

교육과정(독서활동) 연계
[9체02-01] 동작 도전 스포츠의 역사와 특성을 이해하고, 경기 유형, 인물, 기록, 사건 등을 감상하고 분석한다.
함께 볼 만한 콘텐츠
1. 책 『초등학생이 알아야 할 스포츠 100가지』(앨리스 제임스 외 글. 페데리코 마리아니 외 그림. 마틴 폴리 등 감수. 송지혜 옮김. 어스본코리아. 2024)
2. 책 『10대와 통하는 스포츠 이야기』(탁민혁 글. 철수와영희. 2019)

일상 속에서 특별한 나를 발견하는 법

— 이슬기

"선생님, 저는 꿈이 없어요. 많이 생각해 봤는데 잘하는 것도, 좋아하는 것도 떠오르지 않아요. 어른이 된 저는 뭘 하면 좋을까요?"

학창 시절 열심히 공부해서 좋은 대학에 진학한 후 남들이 부러워할 만한 직장 또는 직업을 갖는 것이 성공의 척도가 되는 시대가 있었다. 그러나 지금은 다르다. 모험을 좋아하는 사람은 여행 유튜버가 되어 세계를 누빌 수 있고, 게임을 잘하는 사람은 프로게이머로 큰 성공을 이룰 수도 있다. 공부를 잘하지 못해도 재능 또는 흥미를 갖고 있는 분야가 있다면 얼마든지 큰 꿈을 그려보고, 그 꿈을 살아 움직이게 할 수 있는 시대가 되었다. 선택할 수 있는 직업의 폭도 넓어지고 갈 수 있는 길의 방향도 다양해졌다. 그럼에도 여전히 좋아하는 것과 잘하는 것을 찾기 어렵다고 말하는 학생들이 있다. 가만히 들여다보니 적성과 흥미를 어떻게 찾아야 하는지 방법을 잘 모르는 것 같다.

그런 학생들에게 가장 친근하고 다정한 안내서가 되어줄 책을 발견했다. 책을 펼치면 '자기 발견 테스트'를 가장 먼저 만나게 되는데, 온전하게 청소년의 시선에서 바라보고 살펴봤음이 느껴진다. '맛있는 건 매일 먹어도 좋잖아', '뭐든 한번 꾸며 보는 건 어때?', '그래도 게임은 좋아한다면', '유행은 따라 해야 직성이 풀린다면', '역시 친구들이랑 노는 게 최고라면' 등 테스트의 소제목만 읽어봐도 청소년의 마음을 얼마나 세심히 들여다보려고 노력했는지 알 수 있다. 좋아하는 것, 잘하는 것이 거창할 필요는 없다고, 네가 좋아하는 사소한 모든 것이 너의 큰 장점이자 특기가 될 수 있다고 말해주는 듯하다.

초1	초2	초3	초4	초5	초6	중1	중2	중3	고1	고2	고3	성인

좋아하는 것을 발견하는 법
이다혜 글 | 창비 | 156쪽 | 2022 | 13,000원

자신의 장점을 발견하고 적성에 맞는 진로를 탐색하고 싶은 학생들에게 이 책을 추천한다. 주변의 재촉이나 진로를 빠르게 정한 친구들의 모습 때문에 불안함을 느낄 때 이 책을 펼쳐보라. 저자의 제안대로 자신의 내면을 천천히 들여다보고 장점이라고는 생각하지 못한 소소한 모습을 하나씩 살펴보다 보면 어느새 좋아하는 것이 정말 많았던 나를 발견하게 될 것이다. 만약 발견하지 못했다면 책 속에 담긴 많은 친구의 관심사가 담긴 이야기를 들어보자. 새로운 분야에 대한 호기심이 생길 것이다.

손을 가만히 두지 못하고 끄적끄적 낙서하는 습관, 하던 공부를 제쳐두고 영상 편집에 빠져있던 순간, 길고양이를 보면 그냥 지나치지 못하던 나의 모습까지. 진로와 전혀 연관이 없다고 생각한 순간들이 새롭게 보일지도 모른다.

#진로 #자기탐색 #흥미 #적성 #직업

교육과정(독서활동) 연계
[9진로01-02] 다양한 방법으로 자신의 진로 특성을 파악하고 긍정적 자아 개념을 갖는다.
[9진로02-02] 진로 경로의 다양성과 가변성을 이해하고, 유연한 진로 탐색 태도를 함양한다.
[9진로02-03] 진로 정보를 탐색하는 다양한 방법을 알아보고 관심 분야의 진로 정보를 탐색하고 활용한다.
함께 볼 만한 콘텐츠
1. 책 『14살부터 시작하는 나의 첫 진로 수업』(학연플러스 편집부 글. 뜨인돌. 2021)
2. 책 『진로를 정하지 못한 나, 비정상인가요?』(최현정 글. 팜파스. 2016)

인권 존중의 관점에서 그림을 보고, 읽고, 생각하다

— 배고은

여성, 노동, 차별과 혐오, 국가, 존엄을 정확히 이해하고, 설명할 수 있나요? 일상 속에서 많이 접하는 키워드지만, 막상 설명하고자 하면 참 어렵다. 인권이라는 개념이 낯선 독자들에게 미술작품을 통해 좀 더 흥미로운 방식으로 설명해 주는 책『사람이 사는 미술관』을 소개한다.

책에서는 인권이라는 개념을 여성, 노동, 차별과 혐오, 국가, 존엄으로 카테고리를 나누어 안내한다. 그리고 오르세 미술관, 루브르 박물관 등에 전시된 유명한 미술작품부터 대중에게 잘 알려지지 않은 작품들까지 다양한 미술작품들을 소개하고, 그 속에서 인권의 역사와 개념, 연관 사건들을 읽어내어 우리가 존중받고 보호받아야 할 기본 권리들을 설명한다.

제일 인상 깊었던 그림은《흑인과 앵무새와 원숭이(다비드 클뢰커 에렌스트랄)》이다. 평화로운 미소를 띠고 좋은 옷을 입은 흑인 소년의 모습이 매우 여유롭고 행복해 보인다. 하지만 그 이면을 알고 나면 그림의 의미가 전혀 다르게 느껴진다. 17세기 유럽에서는 '동물원'이 귀족들 사이에서 유행이었다. 대항해 시대를 맞이하면서 세계 각국의 신기한 동물들이 유럽에 들어오고 이를 가둬놓고 감상하는 취미활동이 생겨났다. 즉 그림 속 흑인 소년은 구경거리로 수집된 동물과 같은 취급을 받은 것이다. 작품 해석에 이어서 흑인 저항 운동 주요 사건을 다룬다. 책을 통해 슬픈 역사와 배경을 알게 되고 그림이 달리 보이는 경험을 할 수 있다.

『사람이 사는 미술관』은 작품에 쓰이는 재료, 기법, 화풍 등을 중점에 두고

| 초1 | 초2 | 초3 | 초4 | 초5 | 초6 | 중1 | 중2 | 중3 | 고1 | 고2 | 고3 | 성인 |

사람이 사는 미술관
박민경 글 | 그래도봄 | 299쪽 | 2023 | 19,800원

미술작품을 해석하는 시선에서 벗어나, 독자가 인권의 눈으로 그림을 보고 읽고 생각하게 만든다. 타인에게 공감할 줄 알고, 서로의 다름을 인정할 줄 아는 사회를 지향하는 학생 또는 성인에게 이 책을 추천한다.

#여성 #노동 #차별과 혐오 #국가 #존엄

예술

교육과정(독서활동) 연계
[10통사01-01] 시간적, 공간적, 사회적, 윤리적 관점의 특징을 이해하고, 이를 바탕으로 인간, 사회, 환경의 탐구에 통합적 관점이 요청되는 이유를 파악한다.
함께 볼 만한 콘텐츠
1. 책 『당신을 측정해드립니다』(권정민 글·그림. 사계절. 2024)
2. 그림책 『바나나가 더 일찍오려면』(정진호 글·그림. 사계절. 2024)
3. 책 『학교를 바꾼 인권 선언』(공현, 진냥 글. 교육공동체 벗. 2024)

반도체 모르고 어떻게 살래?

— 서미경

    2022년 말, 물으면 척척 답해주는 생성형 인공지능 챗봇 챗GPT의 등장으로 세상이 떠들썩했다. 카이스트(KAIST) 맹성현 전산학부 교수는 챗GPT의 등장을 '미국 샌프란시스코의 UFO 착륙, 요술램프에서 빠져나온 지니' 수준으로 비유했다. 인류가 인터넷의 발명으로 삶이 변화했듯이 인공지능은 인간의 삶에 중대한 영향을 미칠 것이라고 입 모아 이야기한다. 인공지능의 핵심이 바로 반도체 기술이다. AI뿐만 아니라 스마트폰, 스마트워치, 전기차, 노트북 등에 들어가는 핵심 부품이 반도체이다. 반도체가 '쌀'이라 불리는 이유이다.

    그래서 우리는 반도체에 대해 알아야 한다. 인류의 삶을 뒤바꿀 기술의 핵심이자 우리나라 경제에서 차지하는 비중이 가장 큰 산업이기 때문이다. 우리나라의 반도체 산업은 세계적으로 인정받고 있다. 그동안 청소년의 눈높이에 맞는 반도체 관련 도서를 찾기 어려웠으므로 이 책의 존재가 반갑다.

    '반도체(半導體, semiconductor)'는 평소에는 전기가 통하지 않는데 살짝 변화를 주면 전기가 통하게 바뀌는 물질을' 말한다. 규소(Si), 저마늄(Ge)이 대표적인 반도체 물질이다.

    책 속 '반도체 일기로 본 나의 하루'로 우리의 일상에 반도체가 얼마나 큰 비중을 차지하는지 알게 된다. 반도체의 과학적 원리, 반도체 핵심 소재와 제조 과정을 소개한다. 과학 시간에 배운 이론이 우리 삶에서 어떻게 영향을 미치는지 알 수 있다. 또한, 반도체가 우리나라 경제에서 차지하는 의미, 관련 국제 분쟁을 친절하게 설명하고 있다. 반도체 관련 국내 기업과 생소한 용어를

그렇게 반도체가 중요한가요?

김보미·채인택 글 | JUNO 그림 | 서해문집 | 216쪽 | 2023 | 14,800원

접하고 관련 역사를 알게 되면 방송에서 보도되는 반도체 관련 뉴스는 고개를 끄덕이며 이해할 수 있다. 마지막으로 학생들에게 가장 유용할 반도체 관련 진로진학 정보를 담고 있다. 반도체는 우리나라 경제를 이끄는 핵심 산업으로 많은 인재가 필요하다. 관련 진학 정보를 통해 나의 관심 분야와 연결되는지, 어떤 공부를 해야 하는지 확인할 수 있다.

저자 김보미, 채인택은 신문기자다. 산업부, 국제부, 사회부를 두루 거친 경험을 통해 반도체의 기술 내용뿐만 아니라, 국제 관계, 한국 경제에 미치는 반도체의 영향력 등 여러 각도에서 반도체를 입체적으로 설명하여 독자들에게 흥미를 불러일으킨다. 과학 교과 내용 중 '전기와 자기' 단원과 연계해 전류와 저항이 실재 세계에서 어떻게 유용하게 활용되는지 궁금한 학생들에게 추천한다. 덧붙여, 반도체 산업이 크게 성장한 그 이면에 산업 종사자들의 아픔도 함께 있음을 기억하면 좋겠다. 관련 내용은 함께 볼만한 콘텐츠에 소개한다.

#반도체 #규석기시대 #전기회로 #저항 #전류

교육과정(독서활동) 연계
[9과14-02] 전기 회로에서 전류를 모형으로 설명하고, 실험을 통해 저항, 전류, 전압 사이의 관계를 이끌어낼 수 있다.
[9국02-07] 진로나 관심 분야에 대한 다양한 책이나 자료를 스스로 찾아 읽는다.
함께 볼 만한 콘텐츠
1. 책 『한 번만 읽으면 확 잡히는 중등 물리』(김민우, 원진아 글. 이현지 그림. 한언. 2021)
2. 유튜브 「반도체 모르고 어떻게 살래? 반도체 기본 상식만 싹 끌어모아 옴!(서울경제)」
   (https://www.youtube.com/watch?v=3YS_X_wdaKs)
3. 영화 「또 하나의 약속」(2014)

세상을 측정하는 단위에 새겨진 과학자의 삶

— 김담희

우리의 삶에 단위가 없다면 어떻게 될까? 매일을 살아가며 일상 어디에나 당연하게 존재하는 단위의 중요성을 새삼스럽게 자각하기란 어렵다. 하지만 실은 단위가 없다면 시간도, 크기도, 거리도 잴 수 없고, 우리는 곧 혼란에 빠지게 될 것이다. '이만큼 중요한 단위에 이름을 남긴 과학자들은 얼마나 대단한 업적을 세운 사람들일까?' 하는 질문으로부터 이 책은 시작한다. 갈릴레오 갈릴레이부터 아이작 뉴턴, 제임스 와트, 빌헬름 뢴트겐, 마리 퀴리, 알렉산더 그레이엄 벨까지 각각 가속도(Gal), 힘(N), 일률(W), 방사선(R), 방사능(Ci), 소리 강도(B)의 단위가 된 여섯 명의 과학자를 차례로 소개한다.

중학교 과학 교사이기도 한 저자 김경민은 과학적 사실을 일상과 연결하며 이야기의 문을 연다. 예컨대 기차의 칙칙폭폭 소리를 시작으로 애니메이션에 등장하는 증기 기관 열차들을 소개하고, 이어 기계 기술자인 제임스 와트를 소개하는 식으로 말이다. '뉴턴과 사과', '코로나19 시대를 거치며 익숙해진 의학적 진단 도구' 등 이처럼 일상에서 발견할 수 있는 과학적 사실은 과학자의 삶으로 들어가는 길에 흥미로운 징검다리가 되어준다.

징검다리를 건너면 단위에 이름을 새기기까지 한 과학자의 생애가 펼쳐진다. 어린 시절부터 성장 배경, 조력자와의 만남, 과학적 사실을 발견하고 연구하는 과정 속 고뇌와 좌절, 노력을 천천히 따라가며 읽는 동안 그는 더욱 입체적인 사람으로 독자에게 다가온다. 즉, 위대한 업적을 남긴 과학자라는 사실뿐만 아니라 자신의 연구에 매진하기 위해 노력하는 한 사람으로서도 바라보

그래서 과학자는 단위가 되었죠
김경민 글 | 다른 | 160쪽 | 2023 | 15,000원

과학

게 되는 것이다.

　더군다나 과학사의 흐름을 인물별로 소개하는 '이 책에 나오는 과학의 역사'와 어려운 과학 용어를 일러주는 본문 속 '지식 더하기', 각 장 시작과 마무리에 등장하는 '인물 프로필'과 '일상 속 단위 이야기', 작가 인터뷰 등의 다채로운 구성 요소는 과학자의 삶과 과학 지식, 일상 속 단위 이야기를 유기적으로 엮어 독자에게 효과적으로 제시하는 훌륭한 길라잡이가 되어준다. 세상을 측정하는 단위에 대해 폭넓은 지식을 얻고 싶은, 혹은 교과서에 단편적으로 등장하는 과학자의 삶을 보다 다각도로 이해하고 싶은 청소년들에게 일독을 권한다.

#단위 #과학자 #갈릴레오갈릴레이 #아이작뉴턴 #제임스와트 #빌헬름뢴트겐 #마리퀴리 #알렉산더그레이엄벨

교육과정(독서활동) 연계
[9과05-02] 중력, 탄성력, 마찰력, 부력을 이해하고, 각 힘의 특징을 크기와 방향으로 설명할 수 있다.
[9과11-02] 원소를 구성하는 입자인 원자는 양성자, 중성자, 전자로 구성되며, 양성자의 수에 따라 원소의 종류가 달라짐을 입자 모형을 활용하여 설명할 수 있다.
[9과19-04] 물체의 운동에서 역학적 에너지의 전환과 보존을 이해하고, 이를 활용하여 일상생활 속 물체의 운동을 예측할 수 있다.
[10통과2-02-05] 발전기에서 운동 에너지가 전기 에너지로 전환되는 과정을 이해하고, 열원으로서 화석 연료, 핵에너지를 이용하는 발전소가 인간 생활에 미치는 영향을 조사·발표할 수 있다.
[12역학01-04] 케플러 법칙으로부터 중력의 존재가 밝혀지는 과학사적 배경을 이해하고, 중력을 이용하여 인공위성과 행성의 운동을 분석하고 설명할 수 있다.
[12물리01-02] 뉴턴 운동 법칙으로 등가속도 운동을 설명하고, 교통안전 사고 예방에 적용할 수 있다.
[12물리03-01] 빛의 중첩과 간섭을 통해 빛의 파동성을 알고, 이를 이용한 기술과 현상을 예를 들어 설명할 수 있다.
함께 볼 만한 콘텐츠
1. 책 『이리 보고 저리 재는 단위 이야기』(김은의 글. 노기동 그림. 풀과바람. 2016)
2. 책 『미터 군과 판타스틱 단위 친구들』(우에타니 부부 글. 오승민 옮김. 박연규 감수. 더숲. 2020)
3. 유튜브 「KRISS 단위 이야기」 시리즈 총19(한국표준과학연구원 KRISS 공식 유튜브)

음식과 마음을 연결하는 식욕의 비밀

— 허민영

중학생 때까지 나를 괴롭혔던 별명은 '돼지'였다. 실제로 또래에 비해 살이 많았기 때문에 이 별명을 부정할 수 없었다. 웃자고 부르는 별명을 듣고 울어 버렸다. 살이 많은 몸은 비난받아 마땅하다고 생각하며 울음의 원인을 '너'가 아닌 '나'로 돌렸다. 그 결과, 나의 몸을 이해하지 못한 채 음식을 억제하고 식욕을 혐오했다. 십여 년 전 내가 이 책을 만났다면 어땠을까. 적어도 눈물을 흘린 모든 탓을 나의 의지박약과 게으름으로 돌리지 않았을 것이다.

'마음에 이르는 길은 위장을 경유한다'는 말이 있다. 무더운 여름날 시원한 음료가 날이 선 마음을 달래주는 것처럼, 음식이 인간의 기분에 미치는 영향을 강조한 말이다. 나는 위장에 이르는 길 역시 마음을 경유한다고 생각한다. 산해진미가 나오는 고급 레스토랑에서도 불편한 사람과 함께하는 식사는 높은 확률로 위장을 탈나게 한다. 무엇이 과정이고 결과인지는 중요하지 않다. 중요한 사실은 음식과 마음은 바구니 짜임처럼 아주 촘촘하게 연결되었다는 것이다.

책은 총 네 개의 장으로 구성된다. 각 장은 네 개에서 여섯 개의 소제목으로 나뉘어 있다. 모든 소제목은 지우라는 학생의 일기로 시작한다. 지우의 일기는 음식과 얽힌 일화로 가득하다. 우리가 눈여겨봐야 할 지점은 음식을 둘러싼 지우의 생각이다. 지우는 피자를 먹으면서도 건강을 위해 무설탕 제로 콜라를 선택하고 아이돌을 보고 자신도 살을 빼야 하나 고민한다. 지우의 선택과 고민은 군살 하나 없이 매끈한 몸매가 미의 기준인 시대에서 살아가는 우리의 고민을 대표한다.

식욕이 왜 그럴 과학
박승준 글 | 다른 | 172쪽 | 2023 | 15,000원

이 책은 호르몬과 혈당 등 실생활과 밀접한 과학 상식과 여러 통계를 통해 음식과 마음의 상호작용을 과학적으로 설명한다. 청소년 독자에게 특히 매력적인 이유는 설명이 쉽고 글의 호흡이 짧으며, 식욕억제제와 '먹방(먹는 방송)' 같은 청소년 문화와 관련된 소재를 다루기 때문이다. 식욕은 개인을 넘어 사회적·문화적·심리적·진화적 요인이 작용한 결과이다. 식욕을 다각적이고 복합적인 차원에서 온전히 이해하는 것이 자신의 몸에 대한 사랑을 실천하는 첫걸음이다.

고민은 마음속으로 괴로워하고 애를 태운다는 뜻을 가지고, 고찰은 어떤 것을 깊이 생각하고 연구한다는 뜻을 가진다. 고민과 고찰은 좋은 질문이라는 종이 한 장 차이이다. 좋은 질문은 고민에서 고찰로 넘어가기 위한 핵심 열쇠이다. 지우는 비만의 원인인 탕후루를 지금처럼 먹어도 괜찮을지 고민하며 가공식품과 초가공식품의 차이를 질문한다. 초가공식품에 대한 고찰은 쾌락적 보상으로 반응하는 우리 몸의 이해를 높이고 가공이 적은 식품을 먹기 위한 변화로 이어질 것이다. 좋은 질문을 따라가는 것, 이것이 건강한 식습관이 중요한 청소년기에 이 책을 접해야 하는 이유이다. #건강 #청소년건강 #식욕 #다이어트

> **교육과정(독서활동) 연계**
> [9기가02-07] 청소년 건강을 위협하는 다양한 원인을 분석하고, 이를 해결하고 예방하는 방안을 탐색하여 실생활에 적용한다.
> **함께 볼 만한 콘텐츠**
> 1. 책 『기분이 식욕이 되지 않게』(이유주 글. 북테이블. 2023)
> 2. 유튜브 「식욕이 폭발하는 이유」(닥터프렌즈 유튜브)

과학

선생님, 수학은 왜 배우는 거예요?

— 이슬기

  학교에서 수학 수업을 들어본 사람이라면 이런 질문을 한 번쯤은 해보거나 들어보지 않았을까? "돈 계산만 잘하면 수학 없이도 잘 살 수 있지 않나요?", "닮음, 무리수, 함수 이런 것들은 대체 왜 배우나요? 일상에서 잘 쓰이지도 않고 어렵기만 한데 왜 수학을 배우는지 모르겠어요."

  수학을 포기한 사람의 의미를 담고 있는 '수포자'라는 단어를 모르는 사람은 극히 드물 것이다. 이를 다른 과목에도 접목하여 국어를 어려워하는 학생은 '국포자', 과학을 어려워하는 학생은 '과포자'라는 단어도 함께 쓰일 듯한데, '수포자'라는 단어만 유독 흔하게 쓰이고 있다. 수학을 어려워하고 포기하는 학생이 다른 과목에 비해 훨씬 많다는 사실을 대변하는 것 같다. 『매쓰 비 위드 유』는 그런 학생들을 위한 책이다.

> "우리는 지금부터 일상에서 출발한 이야기들로 수학 에너지를 가득 채우려고 해요. 물론 학문
> 자체에서 경이로움을 느끼는 수학자의 입장에서 보면 너무 사소하거나 억지스러운 이야기일
> 수 있어요. 하지만 수학자가 아닌 우리가 수학을 마주하는 실질적인 이유는 더 논리적으로, 더
> 흥미롭게 생각하고, 진로 선택의 폭을 넓히고 싶어서가 아닐까요?"(6쪽)

  저자는 사람들이 수학과 세상을 연결할 수 있게 되고, 그렇게 연결된 수학이 미래에 작은 도움이 되길 바라며 이 책을 썼다고 한다. 어쩜 그렇게 내 마음을 잘 아는지 궁금했던 알고리즘에는 조건부 확률이 핵심적인 역할을 하고 있

매쓰 비 위드 유
염지현 글 | 북트리거 | 188쪽 | 2023 | 15,000원

고, 음악을 풍성하게 해주는 화음 또한 수학과 절친한 사이였다. 추억의 장난감 레고는 정밀한 계산과 조합을 통해 우리 곁에서 오랫동안 즐거움을 주고 있으며, 삼각형의 특징을 활용한 트러스 구조가 없었다면 우리는 스릴 넘치는 롤러코스터를 탈 수 없었을지도 모른다.

우리가 수학을 공부하는 이유는 입시를 위함일 수 있지만, 그런 이유로 생활 속에서 찾을 수 있는 수학의 매력을 놓치는 것은 너무 안타까운 일이 아닐까? 한 번이라도 수학 공부의 필요성에 의구심을 가져봤다면, 어렵고 복잡한 수학 문제 때문에 속앓이한 적이 있다면 이 책을 꼭 읽어보기 바란다. 수학이 일상 곳곳에 깊숙이 스며들어 있다는 것을 새삼 깨닫게 된다. 책을 읽고 난 후 주변 사물에 수학이 겹쳐 보인다면 그것만으로 충분하다. 여전히 수학은 어렵고 복잡한 세계의 학문일 수 있지만, 우리의 일상 곳곳에서 함께하고 있음을 안 순간부터 분명 수학과 한 뼘 더 가까워졌을 테니까. #수학 #실생활연계 #수학적사고 #연결

교육과정(독서활동) 연계
[9수01-08] 무리수의 개념을 이해하고, 무리수의 유용성을 인식할 수 있다.
[9수02-01] 다양한 상황을 문자를 사용한 식으로 나타내어 그 유용성을 인식하고, 식의 값을 구할 수 있다.
[9수02-05] 순서쌍과 좌표를 이해하고, 그 편리함을 인식할 수 있다.
[9수03-17] 삼각비를 활용하여 여러 가지 문제를 해결할 수 있다.
[9기가04-05] 정보통신과 인공지능 기술의 활용 사례를 탐구하고, 정보통신과 인공지능 기술이 우리 삶에 미치는 영향을 다양한 관점에서 평가한다.
함께 볼 만한 콘텐츠
1. 책 『수학이 일상에서 이렇게 쓸모 있을 줄이야』(클라라 그리마 글. 배유선 옮김. 하이픈. 2024)
2. 유튜브 「YTN 사이언스 공식 유튜브. '수다학' 시리즈 총 372화
   (https://www.youtube.com/playlist?list=PLCDnMDIH37XG-XZUnyErjCSq1VDzTpoJX)

一

고등학교

경우 있는 세상을 기다리며

— 신정임

책 제목이 '경우 없는 세계'이다. '경우'가 이 소설에 나오는 인물이라는 것을 알기 전에는 '경우'라는 단어가 사회생활의 기본태도나 일반적으로 통용되는 상식으로 생각했었다. 작가는 학교 밖 청소년 '경우'를 통해 '사랑', '배려', '돌봄' 등의 중요성을 말하고 있다.

인수는 폭력적인 아버지가 어머니를 때리는 모습을 보며 항상 주눅 들고 불안하다. 기숙학교로 자신을 보내려는 부모를 피해 집을 나와 경우, 성연 등의 친구들과 살게 된다. 자해공갈을 하다가 뺑소니 차량에 치여 죽은 A의 시체 유기 사건으로, 한집에 살던 친구들이 처벌받으며 뿔뿔이 헤어진다. 혼란의 청소년기 후 고립된 삶을 살던 인수는 죽은 친구 A와 똑같은 방식으로 생활하던 이호를 집으로 데려와 돌보며 정화된 삶을 살아가려 노력한다.

작가는 집을 나와 학교 밖 청소년으로 살아가는 청소년들의 위태하면서 불안한 생존 현실로 우리의 시선을 돌린다. 진정한 어른의 역할과 사회적 돌봄 관계의 중요성을 독자에게 어필한다. 가정에서 적절한 돌봄과 사랑을 받지 못한 청소년들이 한 집에 모여 생존을 위해 협력, 관계하는 안타까운 상황을 보다 보면 가슴이 답답해진다. 하루하루를 살아내기 위해 애쓰지만, 미성년의 사고와 행동에서 할 수 있는 생존법은 불안정한 현실의 한계를 드러낼 뿐이다. 절도, 원조교제, 자해공갈, 단순 아르바이트 등을 하면서 하루하루 연명하는 생활을 하다 보니, 맹수 같은 어른들의 나쁜 이기심에 이용되고 위협받는 상태에 처하게 된다. 이들을 보호할 가정이나 어른이 없는 상황에서 어떤 위험

경우 없는 세계
백온유 글 | 창비 | 280쪽 | 2023 | 15,000원

한 일이 벌어질지 전혀 예측할 수 없다. 여린 존재가 극복하기에는 너무 험난한 상황에서 도피해 그들이 만든 안전지대의 실체는 시간이 지날수록 허물어지는 모래성이다.

가장 기본적인 배려, 돌봄, 사랑을 갈구하는 경우, 인수, 정희 등의 예를 보면 이들이 이렇게 학교 밖으로 내몰릴 수밖에 없었던 원인이 부모 자격 없는 사람들의 무책임함, 불통, 학대 등에 있다는 걸 알 수 있다. 부모 됨의 책임을 전혀 배우지 못한 미성숙한 어른과 혈연으로 연결되는 것이 아이들에게 얼마나 치명적인 해를 끼치는지를 정확히 알게 된다.

우리는 내가 아닌 다른 누군가에게 아낌없는 배려와 돌봄을 할 수 있는 능력과 책임이 있는 사람이다. 도움이 필요한 모든 청소년에게 신속한 심리적, 생활적 응급처치를 해 줄 수 있는 어른의 존재가 많아져야 한다. 기본이 없는 세상에서 소설 속 '경우' 같은 존재가 되어 서로 협력하며 살아갈 수 있는 사랑이 있는 세상이 되기를 바란다. #학교밖청소년 #돌봄 #어른 #세계

교육과정(독서활동) 연계
[12문학01-10] 문학을 통하여 자아를 성찰하고, 타자를 이해하며 상호 소통한다.
[12문학01-11] 문학을 통해 공동체가 처한 여러 문제들을 이해하고 문제 해결에 참여하는 태도를 지닌다.
함께 볼 만한 콘텐츠
1. 책 『나는 오늘 학교를 그만둡니다』(김예빈 외 20명 글. 언니네책방 기획. 보리. 2020)
2. 유튜브 「추적 60분 1365회 학교 밖 르포 소년은 혼자 자라지 않는다(KBS KBS 240426 방송)」
   (https://www.youtube.com/watch?v=Xe9mSuwC-2I)
3. 영화 「길버트 그레이프」(1993)

우리 스스로 갖고 있는 희망에 대하여

— 윤기선

    어릴 적부터 바라보던 밤하늘에는 어둠을 밝혀주는 동그란 달과 반짝이는 별이 있었다. 유난히 커다랗고 동그란 달이 뜰 때면 무엇보다도 간절하게 바라는 것이 이루어지게 해달라고 마음속으로 소원을 빌었다. 이루어진 소원이 몇 개나 되는지는 기억나지 않지만, 지금도 커다란 달을 보면 또 소원을 빌게 된다. 그도 그런 마음이었을까? 하염없이 달을 바라보고 있는 그의 뒷모습이 어떤 이유에서인지 궁금해 이 책을 읽게 되었다.

    2035년 딸 수진이의 여덟 번째 생일 당일, 그날도 달이 밝고 유난히 커 보이는 밤이었다. 잠이 안 온다는 이유로 함께 산책을 나온 엄마와 딸은 밝고 커다란 달을 바라보면서 한강에 도착해 마카롱을 사러 간 아빠를 기다렸다. 놀랍게도 북해 근처에서나 볼 수 있던 오로라 현상을 사람들과 함께 목격하고는 밤에 나오길 잘했다고 이야기하고 있었다. 그러다가 갑자기 수진이의 몸이 팅커벨처럼 떠오르기 시작했고 신기하고 신이 나서 사진을 찍어달라 하던 아이는 한순간에 엄마의 손이 닿을 수 없는 더 높은 곳으로 올라가 사라져버렸다. 달이 관측 이래 1.27배가 커지면서 그 인력으로 476명의 아이가 순식간에 실종되며 이야기가 시작된다.

    아이를 잃은 부모들은 자책하거나 서로를 비난한다. 차마 누구의 탓도 할 수 없음에 마음이 아팠다. 국가 차원에서 각자의 명분만 내세우며 해결방안을 내지 못하는 실망스러운 정부의 모습에 직접 민간우주선을 찾아 나선 피해자 부모들을 보며 재난 상황 해결을 위한 사회적 시스템 부재를 되돌아보게 되었

달의 아이
최윤석 글 | 포레스트북스 | 408쪽 | 2023 | 17,000원

다. 재난 상황을 이용하려는 개인과 단체의 이기적이고 계산적인 말과 행동에서는 인간이란 무엇인가를 고민하게 되었다. 또한, 상실에 대한 아픔을 공감하지 못하고 먹고 살기 바쁘다는 이유로 불편함을 내비치는 여유 없는 모습에 화가 났다.

이처럼 아이들이 떠올라 사라진 '에비에이션' 현상을 겪고 난 소설 속 사회의 모습은 실제 우리가 겪은 사회적 재난이나 자연재해 이후 수습하는 과정을 연상하게 하는 부분이 있어 불편함과 답답함이 느껴졌다. 하지만 아빠 상혁과 엄마 정아는 누구보다도 이 상황을 극복하려 애쓴다. 그 둘을 움직이게 하는 힘은 아이를 키우면서 느낀 감정과 추억과 다시 만날 수 있다는 긍정적인 마음일 것이다. 절망과 고통 속에서도 사람이 살아갈 수 있는 건 마음속에 품고 있는 희망인 것 같다. 영화를 보는 듯한 몰입감과 사건의 빠른 전개, 힘든 상황 속에서도 포기하지 않고 앞으로 나아가는 주인공들을 만나보고 싶은 사람들에게 이 책을 권한다. #재난상황#희망

문학

교육과정(독서활동) 연계
[4국05-02] 자신의 경험을 바탕으로 작품 속 세계와 현실 세계를 비교하여 작품을 감상한다.
[12독토01-06] 사회적인 현안이나 쟁점이 담긴 책을 읽고 독서토론하고 글을 쓰며 공동체 문제를 해결하고 사회적 담론에 참여한다.
함께 볼 만한 콘텐츠
1. 책 『왜 우리는 쉽게 잊고 비슷한 일은 반복될까요?』(노명우 글. 우리학교. 2024)
2. 영화 「터널」(2016)

가족의 의미

— 고올레라

이 책은 가족 3부작이라고 불리는 다큐멘터리 영화 「디어 평양」(2005), 「굿바이, 평양」(2009), 「수프와 이데올로기」(2021)와 극영화 「가족의 나라」(2012)로 각종 영화제에서 수상 및 초청을 받은 양영희 감독의 산문집으로, 영화에 담을 수 없는 뒷이야기를 담았다. 저자는 오사카에서 태어난 재일코리안 2세로 2004년 한국 국적을 얻었다. '양영희'라는 한 사람의 가족에 관한 이야기이자, 재일코리안이라는 독특한 상황에 놓인 사람들의 이야기이다.

책의 초반에 가족을 향해 카메라를 든 이유를 "도망치기보다 그들을 제대로 마주 본 다음에 해방되고 싶어서였다(31쪽)"고 이야기한다. 어떤 사연이 있기에 가족에게서 해방되고 싶어할까 호기심이 생긴다.

"나는 내 가족을 롱숏으로 바라보기 위해 렌즈의 힘을 빌리는 것일지도 모른다. 사랑해도 미워해도 답답해도 멀리 떨어져 살아도 가족과 정신적으로 거리를 두기란 쉽지 않다. 그러한 존재를 부감하여 다각도로 보기 위해서는 밀어낼 필요가 있다. 가족에게서 눈을 돌리는 것이 아니라, 가족을 원거리에서 응시하고 내가 어디서 왔는지 알고 싶었다. 살아온 날들을 해부하여 내 백그라운드의 정체를 넓고도 깊게 알고 싶었다. 그런 다음 가족과 나를 분리하고 싶었다."(87쪽)

그녀가 가족과 거리를 두기 위해, 그녀의 삶을 제대로 살아내기 위해 영화를 찍고 글을 쓰고 있다는 현실과 상황에 가슴이 먹먹해진다. 이는 다큐멘터리 영화 감독으로서의 운명이기도 하다.

카메라를 끄고 씁니다
양영희 글 | 인예니 옮김 | 마음산책 | 216쪽 | 2022 | 14,500원

독자는 제주도가 고향인 저자의 부모가 일본 오사카에 살게 된 역사적 배경(제주4·3)과 일본 사회 속 조선인의 삶, 평양에 살고 있는 오빠들과 그 가족의 이야기를 읽고, 끊임없이 '가족'에 대해 이야기하는 저자를 이해하게 된다. '가족'이란 과연 무엇인지, 역사와 사상, 국가는 개인의 삶에 얼마나 큰 영향을 미치는지에 대해 새삼 깨닫게 된다.

"가족이란 혈연이 다가 아니라는 사실을 절절히 믿게 되었다. 서로 이해하려는 노력이 있어야, 기능하는 관계성이 있어야 집합체가 비로소 가족이 되는 건지도 모른다. 이해하기 위해서는 상대방의 기억을 공유하려는 노력이 요구된다. 비록 당사자는 될 수 없지만, 타인의 삶을 완전히 이해하기란 불가능하지만, 적어도 윤곽 정도는 알고 싶다는 겸손한 노력 말이다."(175쪽)

우리는 가족에 대해 잘 알고 있을까? "대화하며 기억을 공유하려는 노력"을 하고 있을까? 저자의 삶을 통해 '가족'에 대해 새로운 정의를 내려볼 수 있지 않을까? 가족을 이해할 수 없어 힘들어하는 사람들에게 권한다.

#에세이 #가족 #재일코리안 #영화감독 #제주4·3 #디아스포라 #다큐멘터리

교육과정(독서활동) 연계
[10한사2-02-02] 6·25전쟁과 분단의 고착화 과정을 국내외의 정세 변화와 연관하여 이해한다.
[12역현02-01] 제2차 세계 대전 이후 인권·평화를 위한 국제 사회의 노력과 한계를 파악한다.
함께 볼 만한 콘텐츠
1. 책 『고통과 기억의 연대는 가능한가?』(서경식 글. 철수와영희. 2009)
2. 영화 「수프와 이데올로기」(2021), 「굿바이, 평양」(2009), 「디어 평양」(2005)

문학

우리가 지금, 여기서 4·3을 이야기하는 이유

— 고을레라

고등학교 1학년 겨울방학 주인공 나마준은 할아버지가 돌아가시기 전 힘겹게 유언처럼 내뱉은 '제주, 퐁뜰, 강생'이라는 단어의 비밀을 풀기 위해 제주로 간다. 초등학교 5학년 때부터 절친인 규완이는 육상선수 생활을 하다 다쳐 선수 생활을 그만두고 부모님과 함께 제주도로 내려와 펜션 운영을 돕고 있다. 마준이는 규완이와 함께 할아버지가 말씀하신 단어의 비밀을 밝혀낼 수 있을까? 할아버지에게 어떤 일이 있었을까?

제주에서 태어나 사회과학을 전공한 문부일은 2008년 동화로 신춘문예에 당선되며 작가가 되었다. 『불량과 모범 사이』, 『WELCOME, 나의 불량파출소』, 『굿바이 내비』, 『우리는 고시촌에 산다』, 『알바의 하루』 등 청소년의 삶을 다룬 소설과 『10대를 위한 나의 첫 소설 쓰기』, 『글쓰기 싫어증』, 『역사, 인터뷰 그분이 알고 싶다』, 『내게 익숙한 것들의 역사』 등 청소년 교양 도서도 꾸준히 집필하고 있다. 고향이 제주인 저자는 책 곳곳에 제주의 풍습과 사투리, 삶을 실감나게 녹여냈다.

이 책은 복잡한 역사 속 이야기를 추리 형식의 청소년소설로 풀어내어 독자들이 제주4·3을 쉽게 이해할 수 있게 도와준다. 단서를 하나씩 좇아가다 보면, 마준이와 규완이가 겪은 학교폭력, 운동부 폭력이 70년 전 잔인했던 국가폭력을 연상시킨다. 소설의 후반부로 가며 더욱 몰입감을 높여 역사를 성큼 오늘 우리의 삶 속으로 잡아 올린다.

4월, 그 비밀들
문부일 글 | 마음이음 | 160쪽 | 2022 | 12,500원

"제주도에 오는 수많은 관광객들 중에 제주공항 근처의 땅속에 수백 구의 시신이 묻혔다는 것을 몇 명이나 알까? 정방폭포와 성산일출봉의 경치를 감탄하며 사진만 찍을 뿐, 그곳에서 대규모 학살이 일어났다는 것을 아는 사람은 거의 없을 것이다."(138쪽)

국가폭력은 현재진행형이다. 제주4·3사건 때 부모의 사망으로 유족으로 인정받지 못한 펜션 할머니의 이야기가 나온다. 다행히 최근 정부가 족보나 증언 등을 통해 가족으로 인정해 준다는 기사가 났다. 이 소설은 국가폭력에 대한 자세한 이야기를 알기에는 부족하지만, 잊지 않고 관심을 가질 수 있도록 하는 데 큰 역할을 한다. 청소년이 읽기에도 제주4·3에 대한 지식이 없는 어른들이 읽기에도 좋다. 특히 자녀에게 제주4·3에 대해 알려주고 싶은 부모, 학교폭력과 국가의 폭력에 대해 연결해 보고 싶은 교사가 읽으면 좋겠다.

#청소년소설 #제주4·3 #학교폭력 #국가폭력 #추리

교육과정(독서활동) 연계
[9역05-03] 제국주의 열강의 침략에 대한 아시아의 대응 및 국민 국가 건설 노력을 이해하고, 그 성과와 한계를 평가한다.
[12법사04-02] 학교폭력의 해결 과정을 살펴보며, 학교생활에서 발생하였거나 발생할 수 있는 법적 문제를 발견하고 그 해결 방안을 탐구한다.
함께 볼 만한 콘텐츠
1. 책 『4·3이 나에게 건넨 말』(한상희 글. 다봄. 2023)
2. 책 『지슬』(오멸 원작. 김금숙 글·그림. 서해문집. 2014)
3. 그림책 『무명천 할머니』(정란희 글. 양상용 그림. 위즈덤하우스. 2018)
4. 영화 「지슬」(2013), 영화 「수프와 이데올로기」(2022)

문학

질문하는 우리를 바라며

— 신정임

'질문의 크기가 내 삶의 크기를 결정한다'는 조선시대 철학자 홍대용 선생의 말씀이 맘속에 쏙 들어왔던 때에 '묻는다는 것'이라는 제목에 끌려 덜컥 읽게 되었다. 마침 이 책을 읽자마자 저자인 정준희 교수의 북콘서트가 열려 책 내용을 곱씹어 보는 기회를 가질 수 있었다. 얇은 책 두께에 안심하며 느긋하게 소파에 기대어 첫 페이지를 펼쳤다가, 어느새 핵심 문장에 줄을 긋기 위해 연필을 찾고 있는 나의 모습을 보게 되었다. 저자의 주장을 간결하면서도 정확하게 서술하고 있고, 중요 문장은 굵은 활자로 강조해 놓아 독자가 책의 핵심 사항을 쉽게 알 수 있도록 세심한 배려를 한 책이었다.

공중파 TV토론 프로그램의 노련한 사회자였던 정준희 교수가 131쪽의 짧은 지면을 통해 우리를 질문 열차에 태운다. 질문 열차에 타기 전에 질문이란 단지 묻는 행위 자체만 뜻하는 것이 아니라 '새로운 지식을 담는 그릇'이라는 정의를 내려준다. 묻는다는 것은 다르거나 새로운 것을 알아차리는 구별을 시작으로 제대로 된 지식을 감각하고 습득하게 하는 과정이자 훈련이라는 것이다. 질문 열차의 꼬리 칸에서 머리 칸을 거쳐 묻는다는 행위의 중요성, 정의, 질문의 유형, 질문의 힘, 묻지 않는 이유, 질문 책임, 질문 권력 등에 대해 논리적으로 설명하고 있다.

언론은 설명 책임을 가진 공직자와 공적인 기관에 시민을 대신하여 질문 권력을 행사할 질문대행자라고 한다. 이런 언론의 역할을 독자가 제대로 인식해야 한다고 한다. 질문의 힘을 가진 개인이 자신의 알권리를 잘 찾기 위해서는

묻는다는 것
정준희 글 | 이강훈 그림 | 너머학교 | 131쪽 | 2023 | 15,000원

질문대행자인 언론의 역할을 잘 알아서 언론이 제대로 일을 하도록 독려, 주시해야 하는 중요성을 알려주는 것이다. 또한 단순 지식 암기만을 위한 교육이 아닌 '질문의 재미'를 알고 '질문할 권리'를 자연스럽게 받아들이는 아이들을 키워 내어야 할 질문훈련자로서 교사의 역할에 대해서도 심각하게 고민해 보게 한다.

대전에 있는 지역 빵집인 성심당이 구현하고 있는 '모두가 행복한 경제'처럼 우리 교육도 '모두가 행복한 교육'이 되기 위해 '묻는다는 것'에 대한 의미와 방법 등을 제대로 꼼꼼히 알아야 할 필요가 있다. 질문할 권리를 잊고 침묵과 방관 속에서 움츠리고 있던 사람에게 잊고 있던 질문의 힘을 깨닫게 해 주는 힘을 가진 책이다. 내가 사는 세상을 공정하고 행복하게 만드는 첫걸음을 딛기 위해 내가 가진 질문 주권을 제대로 사용하도록 자각하게 하는 책, 『묻는다는 것』을 학생, 교사, 학부모 모두 꼭 읽어보기를 권한다. #질문 #공부 #언론 #교육

교육과정(독서활동) 연계
[10공국2-01-01]청중의 관심과 요구에 맞게 내용을 구성하여 발표하고 청중의 질문에 효과적으로 답변한다.
[12정치02-04]미디어를 통한 정치 참여 방법의 특징과 문제점을 분석하고, 유권자이자 피선거권자로서 미디어를 비판적으로 활용하는 태도를 지닌다.

함께 볼 만한 콘텐츠
1. 책 『질문이 있는 그림책 수업』(그림책사랑교사 모임 글. 케렌시아. 2022)
2. 유튜브 「우리가 질문을 하며 살아가야 하는 이유(최연호교수)」
   (https://www.youtube.com/watch?v=Xe9mSuwC-2I)
3. 영상 「학생들은 결코 질문하지 않는다/왜 우리는 대학에 가는가-5부」(EBS)

인문사회

내가 살고 있는 이 도시의 지속가능성에 담론

— 심하나

　직지의 고장, 반도체의 도시, 세 개의 구로 이루어진 인구 84만 명의 결코 작지 않은 도시. 내가 살고 있는 청주다. 서울에서 나고 자라 학창시절을 보낸 나는 나이 서른쯤 이곳에 자리를 잡았다. 적당히 있어야 할 건 얼추 갖춘, 그러면서도 도심을 조금만 벗어나면 아름다운 자연풍광을 볼 수 있는 도시 청주에서 10년째 살고 있는 셈이다.

　작가는 서문에서 '살기 좋은 도시는 어떤 곳일까'라고 묻는다. 도시의 자원과 자산을 효율적으로 관리하는 스마트 도시, 장애인·노인·이주민 등 사회취약계층도 불편함 없이 공존하는 도시, 사람뿐 아니라 동·식물이 어우러져 사는 도시 등 도시에 대한 새로운 가능성을 모색하는 방법을 친절히 제시하고 있다.

　가장 인상적이었던 건 제3장, '노동자가 존중받는 도시'라는 부분이다. 한밤이 지난 후 깨끗해진 아침 길거리는 환경미화원이라는 노동자의 노고 덕분이듯, 수많은 도시 노동자들이 도시를 지탱하는 힘이라 얘기한다. 그러나 도시 노동자들에 대한 인식과 대우가 한참 못 미친다는 게 저자의 주장이다. 상가와 아파트를 짓는 건설노동자, 경비원, 배달서비스 및 청소 노동자 등 다양한 도시필수 노동자들에 대한 사회적 재평가와 지원이 필요한 상황임을 강조한다. 덧붙여 이를 실천하고 있는 도시의 예를 보여주며 함께하기를 독려한다. 이 부분을 읽으며 그간 딱히 주목하지 않던 도시 노동자들에 대해 새삼 감사함을 느끼게 되었고, 여태까지 깊게 생각하지 않던 도시 구성원의 행복과 공존은 어떻게 이루어지는가에 대해 생각해보는 계기가 되었다.

지속가능한 세상에서 도시는 생명체다!
배성호 글 | 이상북스 | 183쪽 | 2023 | 15,000원

인문사회

저자의 말에 공감한 또 다른 부분은 제5장 '우리가 바꿔가는 도시'이다. 도시는 멋진 건축물과 도로, 시설만으로는 완성되지 않는다. 결국 그 도시의 주인인 시민들의 힘이 필요하다. 구성원 모두가 살기 좋은 도시를 만들기 위한 다방면의 아이디어와 노력의 다양한 예시를 보면서 내가 지금 살고 있는 이곳은 어떠한가 객관적인 평가를 해봐도 좋다.

살만한 도시란 과연 어떤 곳을 말하는 것일까. 그간 나는 내가 살고 있는 이 지역의 아파트 가격, 학군 등에만 관심을 가졌다. 앞으로는 과연 이곳이 살기 좋은 도시인지, 책 속 내용을 토대로 비춰봤을 때 성장 가능성이 있는 도시인지에 대한 생각을 해봐야 할 것 같다. 이 도시에서 살고 있는 모든 것들에 관심을 가져보려 한다. 나무, 새, 꽃뿐 아니라 도서관, 미술관, 그리고 우리 이웃들. 저자는 서로 안부를 묻고 관심을 가지라고 말하는 걸지도 모르겠다. 결국 살기 좋은 도시는 도시인들의 관심과 애정 없이는 만들 수 없기 때문이다.

#도시생태 #인권 #공동체

교육과정(독서활동) 연계
[12도탐01-01] 도시의 의미를 이해하고, 도시의 특성이 도시적 생활양식에 미치는 영향을 일상 공간을 사례로 탐구한다.
[12도탐01-02] 도시의 발달과정에 대한 이해를 바탕으로 하여 다양한 유형의 도시를 비교하고, 내가 사는 도시의 발달과정을 탐구한다.
[12도탐01-03] 살기 좋은 도시에 대한 다양한 관점을 비교하고, 살기 좋은 도시의 사례와 특징을 조사한다.
함께 볼 만한 콘텐츠
1. 책 『도시는 무엇으로 사는가』(유현준 글. 을유문화사. 2015)

'산복도로'의 서사를 담은 산복빨래방 기자들

— 황왕용

    기자는 선별한 순간을 조합해 서사를 만든다. 똑같은 사건을 취재하더라도 다른 기사가 생산되는 것은 관점이 다르기 때문이다. 그들은 기사를 통해 주관적 견해를 밝히기도 한다.

    부산의 근현대사를 담고 있는 역사의 현장, 산복도로의 기사를 모은 『산복빨래방』에는 사랑, 연민, 동조, 공감, 추억 등의 감정이 담겨 있다. 저자는 〈부산일보〉의 김준용, 이상배 기자로, 부산의 근현대사에서 빼놓을 수 없는 산복도로를 심층 취재한다. 취재 방식이 독특하다. 기자들이 직접 산복도로에 빨래방을 차리고 운영한다. 세탁비는 무료, 세탁비 대신 이야기를 들려주면 된다.

    '산허리를 지나는 도로'를 뜻하는 산복도로는 우리나라 곳곳에 있다. 그러나 부산의 산복도로는 1950년대 6·25전쟁 당시 부산으로 밀려든 피난민에 의해 만들어진 동네다. 1960년대에는 신발공장 등이 생기며 부산의 삶의 터전이 되었지만, 현재는 종종 녹물이 나오고, 전기 등 생활 기반 시설이 낡은 동네다. 오랜 세월을 품은 것은 사람도 마찬가지다. 연세 지긋하신 어르신이 많이 살며 한국전쟁, 산업화 이야기를 뒤로한 채 소멸해 가는 동네이기도 하다.

    여느 언론은 산복마을에 대한 르포를 쓰기도, 다큐멘터리를 제작하기도 했다. 『산복빨래방』의 저자들은 르포와 다큐멘터리 뒤에 숨은 이야기가 궁금했다. 부산의 근현대사에서 빼놓을 수 없는 산복도로에 사는 어머님, 아버님의 삶을 듣기 위해 주민의 삶으로 들어가야 진짜 이야기가 나올 수 있다고 믿었다. 빨래방 운영이 방법이라고 생각한 그들은 세탁기 구입, 손님 모시기, 빨래

세탁비는 이야기로 받습니다, 산복빨래방
김준용, 이상배 글 | 남해의봄날 | 256쪽 | 2023 | 16,000원

까지 직접 하며 6개월 넘게 빨래방으로 출근했다. 취재원들과 라포(친밀감)를 형성하며 밥을 함께 먹고, 사진을 찍어주고, 영화를 함께 보기도 했다. 취재 중 '영화를 본 적이 별로 없다'는 말, 취재원의 핸드폰 속에 자신의 얼굴이 나온 사진이 없는 사실 등을 간과하지 않는 모습에 진솔함이 느껴졌다. 이런 모습 덕분이었을까? 마을 어르신은 찢어진 흑백사진을 꺼내놓기도 하고, 부러진 마음, 애틋한 사랑 이야기를 내어놓기도 했다.

산복도로 주민 삶을 스토리텔링하는 일이 저널리즘일까? 비효율적으로 긴 시간, 하나의 소재에 천착하는 것이 도움이 될까? 심지어 '빨래' 서비스까지 제공하며 취재할 수 있을까? 책을 읽고 산복도로에 가고 싶은 마음이 생겼다는 말로 질문에 답하고 싶다. '2024 부산의 원시티 원북'으로 선정된 이 책은, '한국기자상' 수상 등 언론계 상을 휩쓸기도 했다.

지역 언론이 나아가야 할 바를 일부 보여주는 듯하다. 너무 익숙해서 무심히 지나치는 일에 대해 낯설게 재해석하고, 큐레이팅해서 만들어 낸 『산복빨래방』의 서사는 따뜻하고, 흥미로웠다. #기자 #지역언론 #도시재생 #저널리즘

교육과정(독서활동) 연계
[10통사1-05-01] 산업화, 도시화로 인해 나타난 생활공간과 생활양식의 변화 양상을 조사하고, 이에 따른 문제점의 해결 방안을 제안한다.
함께 볼 만한 콘텐츠
1. 그림책 『거리에 핀 꽃』(존아노 로슨 기획. 시드니 스미스 그림. 국민서관. 2015)
2. 유튜브 「감성 빨래방에서 일하는 청년들」(https://www.youtube.com/watch?v=fRJjS_-zeic)

인문사회

열등감을 묻는 십대에게 보내는 응원 "충분해, 지금 이대로도"

— 윤기선

영화 「아마데우스」에는 천부적인 재능을 가진 음악가 모차르트와 그의 재능을 질투하는 살리에리가 나온다. 살리에리는 자신이 결코 뛰어넘을 수 없는 능력을 가진 모차르트를 미워하면서 좌절하는 모습을 보인다. 그리고 2인자로서 느끼는 열등감과 무기력으로 인하여 모차르트를 파멸로 이끄는 역할을 한다. 중년을 넘어선 작곡가가 어린 천재 작곡가에게 느낀 그 열등감이 학생들에게도 낯선 감정은 아닐 것이다.

고등학교에 입학한 신입생들이 자존감을 높이는 방법과 관련된 책을 찾으러 도서관에 오는 모습을 보았다. 이야기를 들어보니 입학 후 학교에서 느낀 감정이 친구들에 대한 열등감과 좌절감이었단다.

열등감은 자연스러운 감정이며 동시에 힘든 감정이다. 이 책의 저자도 열등감을 느끼는 것은 자연스러운 일이라고 설명하면서, 그렇지만 왜 이런 감정에 휩싸이게 되는지를 알아보고 자신의 마음을 꾸준히 살펴봐야 한다고 말한다. 열등감은 더 열심히 하려는 동기를 부여하기도 하지만, 타인과 지나친 비교에 의한 인위적인 불안과 열등감은 자기 자신을 제대로 보지 못하게 한다. 비교는 스스로 위치를 잘 파악하고 발전할 수 있도록 돕는 역할로 활용해야 하며, 노력으로 바꿀 수 없는 것, 행복이나 인생의 의미같이 좋고 나쁨을 파악할 수 없는 것을 비교하는 것은 쓸모없다고 말한다.

저자는 학생들에게 자존감과 마음챙김의 중요성, 타인을 축복하는 마음 연습, 목표 설정을 통한 자기효능감과 자기 자비, 주관적 자기 지각의 함정을 중심으로

열등감을 묻는 십대에게
박진영, 안윤지 글 | JUNO 그림 | 서해문집 | 223쪽 | 2023 | 14,000원

심리학의 이론을 소개하며 알기 쉽게 설명하고 있다. 또래나 부모의 말 한마디에 쉽게 상처받을 수 있는 시기의 학생들에게 충분히 그런 마음이 일렁일 수 있다고 다독인다. 감사일기를 써보자, 마음에 떠오르는 감정을 그대로 받아들이자고, 자아를 위한 현실적인 방안을 소개하며 위로한다. 각 장마다 상황에 따라 방법을 고민해 보는 페이지도 덧붙여 개념을 이해하고 난 뒤 바로 적용해 볼 수 있다.

스스로 비교하는 행동을 의식하고, 그 비교가 나에게 유익한지를 판단하고 그렇지 않다면 비교를 멈추는 것, 비교하는 습관 대신 나를 발견하는 습관을 기르는 것이 필요하다. 타인의 기준에서 흔들리는 내가 아니라 나를 기준으로 나를 발견하고 이해하는 시간이 계속되어야 한다.

다른 사람들과 비교하며 나를 낮춰 보기보다 하루에 하나씩 나의 좋은 점이 무엇인지 생각해가며 나에게 좀 더 집중할 수 있기를, 그리하여 지금 이대로도 충분하다는 것을 친구들과의 비교로 힘들어하는 학생들이 이 책을 읽고 알게 되었으면 좋겠다. #자존감#열등감#비교#단단한나

교육과정(독서활동) 연계
[12심리04-02] 삶의 변화에 따른 스트레스 발생과 건강의 관계를 이해하고 효과적인 스트레스 대처 방안을 적용하여 회복 탄력성을 기른다.
[12심리02-04] 성격과 동기 차원에서 주요 개인차의 개념을 이해하고 올바른 자기 이해에 활용한다.
함께 볼 만한 콘텐츠
1. 책 『그림책으로 시작하는 자존감 연습』(그림책사랑교사모임 글. 맘에드림. 2024)
2. 유튜브 『열등감은 잘못된 감정이 아닙니다(양브로의 정신세계)』(https://www.youtube.com/watch?v=KMLfDy6hAoE)
3. 영화 『씽 sing』(2016)

가장 정치적인 의제, 돌봄

— 고을레라

2022년 6월 3일 저자의 초등학생 딸 윤이가 입원했다. 병명은 B세포 급성림프모구성백혈병(ALL). 언제 일어날지 모르는 전쟁을 대비해 약간의 금과 달러까지 챙겨두는 저자이지만 아이의 아픈 상황까지 미처 대비할 순 없었다. 저자는 재난 상황과 유사하다고 느꼈던 그때의 황망하고 막막한 감정을 '폭우가 내리는 한밤에 갑자기 집 밖으로 쫓겨난 기분이었다. 당연히 우리 셋 누구도 우산을 갖고 있지 않았다(14쪽)'라고 서술한다.

저자는 중년의 국회의원 보좌관으로 한창 탄력을 받아 중요한 역할을 맡을만한 시기에 '자발적이면서도 비자발적(63쪽)'으로 항암치료를 받는 딸의 전속 간병인이 되며 일을 그만둔다. 가족과 직장 사람들 모두가 당연하게 엄마가 일을 그만두고 간병인이 되어야 한다고 생각했고, 그녀의 의사를 물어보는 사람은 없었다.

> "결혼한 여자의 사랑은 왜 항상 자기파괴적인가. 국가가 복지로 책임졌어야 할 돌봄이 가족에게 전가되고, 모든 가족구성원이 함께 나눴어야 할 책임은 사랑이라 불리며 여자에게 전가된다. 그렇게 여자의 사랑은 이름을 잃고 주인을 살해한다."(42쪽)

이 책에서 저자는 사회인이자 엄마이자 돌봄노동자로 1년 반 넘게 병원에 상주하는 동안 마주하는 여러 장면에서 정치의 존재와 부재를 발견하고 끊임없이 질문한다. 모성과 돌봄, 사회의 역할과 법 제정의 필요성, 아픈 아이의 교육권과 생존 후의 삶 등 생활에서 뗄 수 없는 정치에 대해 강하게 이야기한다.

사랑에 따라온 의혹들
신정아 글 | 마티 | 200쪽 | 2023 | 16,000원

저자는 한 인터뷰에서 "돌봄은 가장 정치적인 의제"라고 표현했다. "정치 외에는 세상을 바꿀 수 없다"고 단언하며 "서로에게 기댈 수밖에 없는 것이 인간의 조건이라면, 이제 우리는 더 잘 의존할 방법을 고민해야 한다"며 결국 사랑과 정치가 결합해야 한다고 이야기한다.

소설책을 읽듯 다음 내용이 궁금해서 책장을 술술 넘기게 된다. 곳곳에 적절한 문장과 자료를 인용하여 자신의 생각을 뒷받침하는 능력이 탁월하고 설득력이 있다. 가족 중 환자가 있는 이에게는 공감과 위로를, 정치에 관심 없는 이에게는 일상 속 부재한 정치의 경각심을, 사회학을 전공하고 싶은 이에게는 세상을 바라보는 따뜻한 안목을 준다.

#인문에세이 #사회비평 #가족 #돌봄 #병간호 #모성

인문사회

교육과정(독서활동) 연계
[12정치01-01] 정치의 의미와 공동체 유지 발전에 정치가 필요한 이유를 이해하고, 일상생활에서 나타나는 정치의 사례를 찾아 분석한다.
[12사문01-01] 사회현상의 탐구를 위해 사회현상의 특징에 대한 이해와 사회학적 상상력이 필요함을 인식하고, 사회현상에 대한 다양한 관점을 비교한다.
[12사문04-02] 현대 사회에서 나타나는 다양한 사회 불평등 양상을 분석하고, 차별받는 사람들의 입장에 대한 공감을 바탕으로 다양한 불평등 현상에 대한 해결 방안을 모색한다.
[12사탐02-01] 일상생활에서 나타나는 성 불평등 문제의 실태를 조사하고, 원인과 해결 방안을 제시한다.
함께 볼 만한 콘텐츠
1. 책 『사랑의 노동』(매들린 번팅 글. 김승진 옮김. 반비. 2002)
2. 책 『돌봄과 작업』(정서경, 서유미, 홍한별, 임소연, 장하원 외 글. 돌고래. 2022)
3. 책 『돌봄 선언』(더 케어 콜렉티브 글. 정소영 옮김. 니케북스. 2021)
4. 책 『각자도사 사회』(송병기 글. 어크로스. 2023)

예술작품이 될 우리의 삶을 위하여

— 신정임

　요즘 사람들에게 핸드폰은 몸의 일부이다. 항상 몸에 지니면서 호흡하듯이 보고 있는 전자기기이다. 웹툰, 게임, 만화, 영상, 전자책 등 핸드폰 속 무수한 볼거리에서 눈을 떼지 못한다. 미래 인간의 얼굴은 수박만 한 눈을 가진 모습이 아닐지 추측될 정도이다. 문득 '이 사람들은 현재 보고 있는 볼거리를 왜, 어떻게 보고 있는 것일까?'라는 의문이 생긴다. 내가 볼거리를 선택한다는 행위에 대한 중요성을 이 책에서 찾을 수 있었다.

　사람으로 태어난 우리는 딱 한 번만 삶을 살 수 있다. 이렇게 유일한 삶 속에서 꼭 가져야 할 주체적인 철학과 관점에 초점을 맞춰 예술을 이야기한 책이『삶은 예술로 빛난다』이다. 예술작품 기법, 제작 배경, 작가 등을 설명하면서 주제를 개인의 관점과 삶의 방식으로 매끄럽게 연결해 이야기를 풀어낸다. 예술작품을 본다는 행위는 감상자의 주체적인 의지와 판단에 따른다. 감상할 작품을 스스로 선택한 것처럼 작품 감상도 자신의 판단에 따라 해석하며 즐길 것을 작가는 조언한다. 작품 감상의 다양한 관점과 작품 감상자의 당당한 자세를 가지라고 하면서, 삶과 예술이 어우러지게 살아가야 하는 중요성을 강조하고 있다.

　예술 서적 기획전을 준비하던 한 편집자가 작가에게 보내준 이벤트에 활용할 질문으로 "당신에게 예술이 되었으면 좋겠습니다"라는 문장이 있었다. 어쩌면 이 질문이 이 책의 주제이자 이 책 집필의 계기이리라. 이 질문을 받고 문장 속 괄호를 채우기 위해 자신의 사적인 정체성과 삶의 방식에 대해 원초적으로 고민해 보게 된다.

삶은 예술로 빛난다
조현재 글 | 다산초당 | 335쪽 | 2023 | 18,800원

예술

이 책을 통해 예술작품에 대한 지식적인 정보를 얻을 수 있지만, 삶을 예술처럼 만들어 가는 생활방식과 여유로운 관점에 대한 지혜도 얻을 수 있다. 예술이 결코 어려운 것이 아니며, 자신의 생활에 작은 여유를 더하려는 노력 자체가 예술이 될 수 있다는 것이다. 작가는 예술을 접하는 태도에서 힘을 빼야 하듯이 나의 삶을 영위하는 태도에서도 힘을 빼고, 유연하고 담백하게 독학하는 학습자의 자세로 자기 삶의 그림을 그려가길 권하고 있다.

우리 모두 '인생'이라는 나만의 백지 앞에 홀로 서 있다. 이 백지에 나의 인생을 어떤 구도와 색채로 무엇을 그려갈지는 자신의 선택이자 결정이다. 삶을 살아가는 행위가 왠지 외롭고 힘들면서 무서워질 때 떠올려보자. 고작 14일간의 '다리 포장' 이벤트를 위해 10년을 쓴 그리스도와 잔 클로드 부부를. 최종 작품을 완성하기 위한 10년간의 준비 과정이 모두 자신들의 예술에 포함되며, 자신들의 미학은 '과정'에 있다고 하던 부부 예술가의 말을. 우리 이제 생의 결과물에 연연하지 말고 자신만의 화법과 구도로 멋지게 인생 그림을 그려나가는 과정을 즐겨 보자. #예술 #삶 #질문 #관점

교육과정(독서활동) 연계
[12미감02-02] 다양한 미술 비평 방법을 이해하고 활용하여 작품을 해석하고 평가할 수 있다.
함께 볼 만한 콘텐츠
1. 책 『그림과 글이 만나는 예술수업』(임지영 글. ㈜학교도서관저널. 2022)
2. 유튜브 「그림 읽어주는 남자_미술관에서 그림 보는 법(안현배 미술사학자)(https://www.youtube.com/watch?v=S2ZbAytWITc)
3. 영화 「러빙 빈센트」(2017)

빛과 어둠, 외로움을 그린 작가 에드워드 호퍼

— 심하나

미국의 화가 에드워드 호퍼는 1960, 1970년대 미국의 팝아트와 사실주의 미술에 큰 영향을 끼친 화가다. 주로 도시의 일상을 그렸는데 도시의 시끌시끌한 모습보다는 사람과 차는 보이지 않고 거대한 건물만 들어서 있는 거리와 같은 정적인 구도를 즐겨 그렸다.

호퍼의 그림을 실제 마주한 적이 있다. 그의 그림에 거의 문외한이나 마찬가지인지라 오디오 해설의 도움을 받아 겨우 꾸역꾸역 관람을 마치고 나왔는데, 막상 떠오르는 생각은 '그림 뭐 별거 없는데?'였다. 그의 그림이 화려한 색감과 구도로 사람을 홀리게 하는 것도 아니고 화가의 인생이 드라마틱해서 그림에 영향을 줄 정도도 아니었기 때문일 것이다.

이 책은 《도시》 외 14개 작품을 보여주고, 그림 속 인물에게 재미난 사연이라도 있는 듯 말을 건다. 나도 모르게 그림 속으로 빨려 들어가 그 이야기를 듣고 있는 듯하다. 《4차선 도로》라는 그림에는 두 명의 인물이 나온다. 장소는 휴게소나 주유소 같다. 바로 옆에 4차선 도로가 나 있다. 남자는 휴게소로 보이는 건물 앞에 나와 앉아 어딘가를 응시하고 있다. 옆에 작은 창문으로는 여자가 몸을 반쯤 내밀고 남자에게 뭔가 이야기를 하고 있는데, 마치 일방적 잔소리를 하는 듯하고 남자는 그 소리를 고스란히 받아내고 있다. 이 책에서는 그 장면을 "부름에 대답하지 않는 순간, 유예된 찰나의 시간, 우리가 자유라고 믿는 것은 찰나에 생겨난 착시일 뿐일지도 모른다. '대답하기 싫다'와 '하지만 대답해야 한다'는 그 감정과 의무 사이에 있다. 사이에 끼어있는 순간에 상념은

에드워드 호퍼의 시선
이연식 글 | 은행나무 | 335쪽 | 2023 | 22,000원

어딘가로 날아간다. 아니 달려간다. 4차선 도로를 따라서"라고 서술한다. 다른 미술 서적과 다르게 오롯이 그림 안 인물의 감정선을 따라가게끔 하는 장치가 제법 그럴듯하다.

호퍼의 그림은 외로움의 정서를 기반으로 하고 있는 듯하다. 뉴욕 센트럴 파크에 있는 셰익스피어 동상에 저녁노을이 어스름하게 비출 때를 그린 《황혼의 셰익스피어 상》을 보면 그렇다. 셰익스피어 동상은 외로이 공원에서 도시 불빛 쪽으로 향해 있다. 그는 위대한 문인이었지만, 지금은 홀로 공원에 서서 맞은편에 우뚝 서 있는 마치 관객과도 같은 건물을 바라보고 있다. 또 다른 그림 《일요일》에는 상점 밖에 나와 혼자 앉아있는 남자가 있다. 어떤 상념에 젖어 있는데 표정이 결코 밝지 않다. 누군가를 기다리는 것 같기도 해서 서글퍼 보인다.

이 책은 결코 정석대로 그림을 보는 법을 알려주지는 않는다. 그저 있는 그대로의 느낌을 가감 없이 설명하는데, 그것이 나의 감상과 들어맞을 때 일종의 쾌감을 느낀다. 미술애호가가 아니기에 이렇게 친절한 미술 서적은 그래서 더 반갑기 마련인가 보다. #에드워드 호퍼 #그림 감상 #빛과 어둠

교육과정(독서활동) 연계
[12미감01-02] 자신의 삶과 관련된 작가와 작품을 탐색하여 공감하고 진로와 연결할 수 있다.
[12미감01-03] 온·오프라인 전시 공간에서 작품을 감상하고 해석하며 서로의 의견을 포용할 수 있다.
함께 볼 만한 콘텐츠
1. 책 『호퍼 A-Z』(얼프 퀴스터 글. 박상미 옮김. 한길사. 2023)
2. 유튜브 「사람들은 왜 에드워드 호퍼를 좋아할까(아트래빗)」
   (https://www.youtube.com/watch?v=FMoVH_DY0nl)

예술

이제는 우리 미술사를 공부할 시간

— 황왕용

'그림, 회화', 미술'이란 단어에 떠오르는 인물은 누구인가? 고등학생들에게 물었더니 '다빈치', '모네', '고흐'라고 답했다. 대부분 그렇게 답하지 않을까? 그 까닭은 도서관 서가만 둘러봐도 짐작할 수 있다. 서양 미술을 주제로 한 책이 미술 서가에 높은 비중을 차지한다.

『조선 미술관』을 읽기 전까지 서양 미술은 해석의 여지가 많아 스토리를 만나면 재미가 배가 되고, 우리나라는 궁중 기록화나 종교적 작품이 많아 해석의 여지가 없다고 생각했다. 작가는 나와 같이 생각하는 사람에게 친절하고 재미있게 '조선 미술은 재미있는 작품이 많아'라고 알려준다.

책은 17~18세기 그림을 소재로 조선의 산천과 의식주를 쉽게 풀어준다. 조영석 화가의 《현이도》라는 작품으로 놀이와 의복 문화를 엿본다. 어떤 모자를 쓰고 있는지를 보고 누가 손님인지, 누가 모임의 주최자인지를 설명한다. 사방관, 탕건, 낙천건, 갓의 쓰임을 알게 되면서 그림을 더 자세히 보게 된다. 자세히 보니 그들의 표정이 보이고, 그들의 놀이가 보인다.

신윤복 부친 신한평의 《자모육아》에서는 인간 심리를 그림 한 장으로 읽는 극치를 경험하고, 정선, 김홍도, 신윤복의 그림에서 서민의 삶을 엿보는 재미가 쏠쏠하다. 분명 본 적이 있는 그림도 있지만, 그림이 다르게 보이는 것은 저자의 마법이다. 더불어 한 번도 본 적 없고, 몰랐던 사실을 알려주는 것은 저자의 폭넓은 식견과 그림에 대한 사랑의 증거다.

풍속화뿐만 아니라 궁중 기록화 이야기를 읽고 역사적 의미와 맥락을 알게

조선 미술관
탁현규 글 | 블랙피쉬 | 280쪽 | 2023 | 16,800원

되니 따분하다고 느낀 궁중 기록화마저 흥미롭게 느껴진다. 조선시대에 나이가 많은 문신을 예우하기 위해 설치한 '기로소'는 70세가 넘어야 들어갈 수 있었다. 임금도 60세가 넘어야 들어갈 수 있었다는 기로소에 대한 그림은 전혀 몰랐던 새로운 사실을 알려주어 책의 흥미를 더한다.

우리 선조들의 다채로운 일상을 생생한 그림과 함께 독자가 놓칠 법한 부분을 스토리텔링하듯 전해주는 작가의 필력은 매력적이다. "기획하는 전시마다 탁월했고, 강연에는 청중의 감탄을 자아내는 능력이 있는 고미술계의 최고의 해설가"라는 책날개 저자소개에 고개가 끄덕여진다. 지금은 흔한 사진이 없던 시절에 그림은 삶을 반영하고 있다는 저자의 생각에 동의한다. 궁궐 밖 생활뿐만 아니라 공적 행사를 담은 기록은 조선이 어떻게 움직였는지를 파악하기에 좋은 자료라고 여겨진다.

#미술#조선#예술#미술사

예술

교육과정(독서활동) 연계
[12미03-01] 미술의 시대적, 지역적, 사회·문화적 변천 과정을 이해하고 작품을 감상하며 자신의 견해를 논리적으로 표현할 수 있다.
[12미03-03] 미술작품 감상과 비평의 관점을 활용한 소통으로 미술 문화의 다원적 가치를 이해하고 존중할 수 있다.
함께 볼 만한 콘텐츠
1. 유튜브 「《이소영의 미술책방018》한국미술에 대해 쉽고 재미있게 공부하고 싶다면? 조선미술관」
   (https://www.youtube.com/watch?v=9LCnfNsyl_M)
2. 유튜브 「교과서에 나오는 우리문화재-17.조선의 그림」
   (https://www.youtube.com/watch?v=xcQzH7mZpm w)

당황하지 않고 현대미술을 살펴보는 방법 12가지

— 윤기선

    몇 년 전 한 경매장에서 그림이 약 16억 원에 낙찰된다. 경매사가 낙찰을 위해 망치를 내리치자 액자 안에 있던 캔버스가 밑으로 흘러내리면서 절반이 긴 조각들로 찢어졌다. 이 그림은 뱅크시의 《풍선을 든 소녀》라는 작품으로, 당시 이 과정을 촬영한 영상이 그의 인스타그램을 통해 공개되면서 세상에 알려졌다. 이 기사를 읽고 현대미술이라 일컫는 '요즘' 미술이 궁금해 이 책을 읽어보게 되었다.

    작가는 직관적으로 이해하기 힘들고 다양한 해석이 가능한 현대미술을 12가지 키워드로 설명하고 있다. 1960년대 등장한 팝아트부터 1970년대 장소특정적 미술, 1990년대 관계미술, 2000년대 이후 가상현실과 인공지능 순으로 정리되어 있다. 키워드별로 특징을 이해할 수 있고 사회 분위기, 현상도 함께 서술하고 있어 미술에 대한 이해의 폭을 확장할 수 있다. 키워드를 하나씩 읽을 때마다 대표하는 작품을 QR코드로 제시하고 있어 바로 작품을 확인하거나 작품을 제작한 작가의 동영상을 볼 수 있다.

    작가는 개념미술이 현대미술의 바탕이 되는 중요한 키워드라고 이야기하며 조셉 코수스의 《하나이면서 셋인 의자》를 대표작으로 소개하고 있다. 의자라는 '레디-메이드'를, 어울리지 않는 의자를 미술관에 옮겨놓는 개입으로, 또 다른 의자는 사진이라는 자료형식으로, 마지막 하나는 의자의 정의를 서술한 텍스트를 언어로 제시했다. 의자 하나를 세 가지 다른 형태로 나타낸 현대미술 작품인 것이다. 작품 사진만 보았을 때는 낯설었는데, 작가의 설명을 읽은 뒤에 다시 보니

요즘 미술은 진짜 모르겠더라
정서연 글 | 21세기북스 | 276쪽 | 2023 | 24,000원

'개념만으로도 미술이 되는 게 현대미술이구나'라는 생각이 들었다.

미술도 사회담론 중 환경과 관련한 다양한 목소리를 내고 있는데, 그중 하나가 인류세이다. 작가는 율다스의 《과잉의 생태계》를 예시로 들고 인간 중심적 사고에 대해 문제의식을 갖도록 유도한다. 영상 속의 변색된 알과 같은 인위적인 생명체는 환경 오염과 관련한 불편한 진실을 마주하게 한다.

미술관에 가서 작품을 보며 작품설명을 살펴볼 때가 있는데, 설명이 납득되지 않거나 내가 이해한 부분과 달라 당혹스러움을 느낄 때가 있다. 하지만 이 책을 읽고 나니 당황하지 않고 관람할 수 있을 것 같은 용기가 생겼다. 작가가 설명해 준 키워드를 맞춰가는 재미와 더불어 나의 생각과 결이 맞는 작품을 만날 수 있을 것 같은 예감이 들기 때문이다. 다양한 분야의 이해를 바탕으로 현대미술을 바라본다면 이 과정을 통해 '인간과 다른 세계는 어떻게 연결되어 있는가'에 대해 또 다른 답을 찾아볼 수 있을 것 같다. #현대미술 #미니멀리즘 #개념미술 #페미니즘# 퍼포먼스 #팝아트 #장소특정적미술 #인류세 #포스트휴먼 #관계미술 #공공미술 #가상 #인공지능

교육과정(독서활동) 연계
[12미론03-03] 작품의 내용, 형식, 사회적 맥락 등을 토대로 한 다양한 분석의 관점을 이해하고 적용할 수 있다.
[12미사02-03] 선사시대부터 고대, 중세, 근대, 현대, 동시대에 이르는 서양 미술의 시대별 특성과 배경 요인을 맥락적으로 이해하고 설명할 수 있다.
함께 볼 만한 콘텐츠
1. 책 『현대미술, 이렇게 이해하면 되나요?』(샘 필립스 글. 박재용 옮김. 부커스. 2022)
2. 유튜브 「현대미술 예술? 혹은 장난? 우리는 현대미술을 어떻게 이해해야 하는가(김태진 작가)」
 (https://youtu.be/S5otaKXD_8Q)
2. 영상 「SBS다큐멘터리 〈아트멘터리_아트게임〉」(2022)

예술

미지와의 조우, 인류는 과연 다른 별에 갈 수 있을까

— 심하나

어린 시절 영화 〈ET〉를 보며 언젠가 외계인을 만나게 되지 않을까 하는 기대감에 잠 못 이룬 날들이 있었다. UFO니 외계인 같은 호기심 어린 단어들로 머릿속을 꽉 채우고 지구에서 멀지 않은 곳 어딘가에 살고 있을 생명체에 대한 관심이 높아질 때쯤 칼 세이건의 『코스모스』, 『창백한 푸른 점』을 읽게 되었다.

칼 세이건은 저서를 통해 "우리는 별들로부터 만들어진 존재다"라는 글을 남겼고, 우리는 '나는 누구인가, 이 세계 밖에는 어떤 존재가 있을까'라는 질문을 던지며 광활한 우주 탐험에 박차를 가하기 시작했다.

『별을 향해 떠나는 여행자를 위한 안내서』는 우리에게는 다소 생소한 성간 여행을 주제로 한다. 단순히 태양계 탐험이 그치는 것이 아니라 최종적으로는 우리은하를 중심으로 지구와 가장 가까운 무려 4.35광년 떨어진 알파 센타우리 A, B를 거쳐 우리은하의 가장자리 10만 광년을 여행하는 성간 여행의 가능성을 이야기한다. 성공 가능성(물리법칙에 따른), 경제성, 필요성, 윤리적인 문제는 없는가에 대해 실제 그 프로젝트에 참여했던 NASA 연구원이었던 작가는 이 프로젝트가 앞으로 지구인의 가장 중요한 숙제가 될 것이며 이것은 궁극적인 사명이라고 얘기한다.

그럼에도 불구하고 작가는 몇 가지 우려를 표한다. 가장 흥미롭게 읽은 부분은 우리가 별에 가기 위해 긴 거리 우주선을 움직일 물리학적 에너지, 큰 비용, 우주선의 개발과 추진을 위한 인프라, 개인적 열망이 아닌 우리 모두의 염원을 넘어서 다른 행성에 뿌리를 내려 살고자 하는 목적은 무엇인가에 대한

별을 향해 떠나는 여행자를 위한 안내서
레스 존슨 글 | 이강환 옮김 | 문학수첩 | 287쪽 | 2024 | 16,000원

것이다. 우리의 정착지는 지구의 식민지 개념이 아니라 생명체가 없는 곳에 세워져야 윤리적 문제에서 벗어난다는 것이다. 여태까지의 인간 역사 속에서 식민지화되는 과정에서 수많은 것들이 무너지고 쓰러져간 것을 봐왔기에 작가의 말에 어느 정도 공감이 된다.

이 밖에도 이 책은 탐사선이 우주를 항해하는 원리(핵분열 기반 전력시스템), 탐사로봇을 이용한 달표면 조사, 화성의 테라포밍, 외계인의 실체, SF영화 속 과학적 상상력 등 흥미진진한 얘기를 다룬다. 물리학 기초지식이 없어도 충분히 읽을 수 있으며 청소년을 비롯한 성인의 교양과학도서로도 손색이 없다.

작가는 책 말미에 수많은 난관이 있음에도 인류는 언젠가는 성간 여행을 성공리에 마칠 것이라 말한다. 1996년 12월 20일 칼 세이건이 사망하고 그의 부고 기사에는 이런 글이 함께 실렸다.

"우리의 일은 결코 끝나지 않았다. 우리는 태양계와 성간 물질 사이의 경계를 찾은 다음 별들 사이의 어둠 속을 영원히 항해할 것이다."

#성간여행 #천문학 #물리학

교육과정(독서활동) 연계
[9과10-04] 태양계를 구성하는 행성의 특징을 알고, 목성형 행성과 지구형 행성으로 구분할 수 있다.
[12물리 II 01-06] 행성의 운동에 대한 케플러 법칙이 뉴턴의 중력 법칙을 만족함을 설명할 수 있다.
함께 볼 만한 콘텐츠
1. 책 『창백한 푸른 점』(칼 세이건 글. 현정준 옮김. 사이언스북스. 2020)
2. 영화 「콘택트」(1997)
3. 유튜브 「물곰을 프록시마 센타우리로 보낸다?」(우주먼지 현자 타임즈 유튜브 채널. 2022)

과학

우리나라 과학사에 이런 일이 있었다고?

— 황왕용

사람들은 한국전쟁 이후 한국이 믿기 힘들 정도로 비약적인 발전을 이루었다고 말한다. 『조선이 만난 아인슈타인』은 식민지 조선 사회부터 과학이 세상을 움직이게 하는 힘을 믿고 시대의 변화에 발맞추려 했다는 증거를 내민다. 저자는 사료를 통해 아인슈타인, 하이젠베르크, 마리 퀴리, 막스 플랑크 등 세계의 과학자들과 끊임없이 연결하려고 노력했던 일제강점기 놀라운 과학사를 이야기하듯 전달한다.

> "조선의 언론들은 아인슈타인이 얼마나 대단한 인물인지, 상세한 현지 분위기를 전하며 아인슈타인 붐을 이끌었다."(93쪽)

과학은 앞을 보는 학문이라고 생각했다. 우리나라 과학사는 특별한 것이 없다고 여겼다. 그러나 책을 읽으며 부단히 공부하고, 다각도로 노력한 과학자의 활약을 보면서 흥분되었다. 필자와 같은 과학 문외한은 책을 읽으면서 우리의 숨겨진 과학사를 발견하는 기쁨이 클 것으로 생각된다. 조선에 상대성이론을 소개한 잡지 〈공우〉, 로켓과 달 탐사 전망, 드론을 알린 물리학자 최규남, 국내 첫 노벨상 후보인 양자화학자 이태규의 리-아이링 이론 발표, 제2회 과학데이의 자동차 행진 등은 1920년부터 1955년 사이에 일어난 일이다.

켜켜이 쌓아온 과학의 흔적이 없었다면 지금의 대한민국이 존재할 수 있을까? 과학에서 시작해, 공학, 예술, 철학을 연결하는 저자의 글에서 미래가 보인

조선이 만난 아인슈타인
민태기 글 | 위즈덤하우스 | 316쪽 | 2023 | 18,500원

다면 과장일까? 국제적으로 폭넓은 과학적 행보를 보이며 당대 과학의 흐름과 같이한 선조의 모습은 과학이 세상을 변화시킬 수 있다고 믿었기 때문일 것이다. 우리는 과거보다 더 복잡한 세상을 살고 있지만, 선조의 생각 방향을 잘 따르고 있는 셈이다. 책을 통해 과학은 과거를 읽고, 미래를 내다보는 학문일 수도 있음을 깨닫는다. 식민지 조선의 과학은 한참 뒤처져 있다고 생각했는데, 책 속 선조 과학자들이 남긴 기록은 '국뽕'이 차오르게 한다. 오히려 현재 나는 그 시대의 교양 과학보다 더 뒤로 물러나 있는 것은 아닌가 생각해본다.

글뿐만 아니라 100여 년 전 사진, 신문 기사 등이 곳곳에 배치되어 글을 뒷받침하고 있다. 프롤로그에 소개된 1950년 6월 26일 자 〈동아일보〉 1면의 기사를 보면 책을 끝까지 읽을 수밖에 없다. 저자의 필력을 바탕으로 전혀 알 수 없었던 새로운 사실은 충격을 넘어 가슴 벅차오르는 감정을 느끼기에 충분하기 때문이다. #과학 #상대성이론# 과학사

> **교육과정(독서활동) 연계**
> [12과사01-05] 과학 지식의 형성 과정에서 과학자의 신념이나 세계관이 영향을 준 사례를 조사하여 발표할 수 있다.
> **함께 볼 만한 콘텐츠**
> 1. 유튜브 「우리가 몰랐던 조선 말 과학과 지식인들의 감춰진 이야기. 근현대 과학사 1부!」
> (https://www.youtube.com/watch?v=kq2Y-zv792o)
> 2. 유튜브 「일제강점기 조선은 아인슈타인과 상대성이론을 알았다?! 근현대 과학사 2부!」
> (https://www.youtube.com/watch?v=6jQRuG9jDGQ)
> 3. 유튜브 「우장춘의 업적은 씨 없는 수박에 묻혔다?! 다윈의 종 이론을 완성한 한국인 과학자! 근현대 과학사 3부!」(https://www.youtube.com/watch?v=_-eXmgw-9N8

一 추천 도서 목록

	책제목	지은이	출판사	출판년도
1	사과는 이렇게 하는 거야	데이비드 라로셸 글. 마이크 우누트카 그림	블루밍제이	2023
2	너와 나의 강낭콩	김원아 글. 이주희 그림	창비교육	2024
3	부글부글 말 요리점	조시온 글. 유지우 그림	씨드북	2023
4	가방을 열면	이영림 글·그림	봄봄출판사	2023
5	우리 반 문병욱	이상교 글. 한연진 그림	문학동네	2023
6	홀짝홀짝 호로록	손소영 글·그림	창비	2024
7	좋아, 싫어 대신 뭐라고 말하지?	송현지 글. 순두부 그림	이야기공간	2023
8	김장	이향안 글. 배현주 그림	현암주니어	2023
9	매너는 좋은 향기가 나요: 서로의 마음에 꽃을 피우는 25가지 말과 행동	김수현 글. 장선환 그림	머핀북	2023
10	모네의 고양이	릴리 머레이 글. 베키 카메론 그림	아르카디아	2023
11	클림트의 정원으로	김혜진 글·그림	보림	2023
12	막을 올려요!	로렌 오하라 글·그림	런치박스	2023
13	(식물과 함께 행복해지는) 맨처음 식물공부	안도현 글. 정창윤 그림	다산어린이	2024
14	쌀이 말했어	간장 글·그림	보랏빛소 어린이	2023
15	고마워, 플라스틱맨	기요타 게이코 글·그림	특서주니어	2023
16	1995, 무너지다	이혜령 글. 양양 그림	별숲	2024
17	어떤 말	모리 에토 글. 아카 그림	책읽는곰	2024
18	막손이 두부	모세영 글. 강전희 그림	비룡소	2023
19	열세 살의 걷기 클럽	김혜정 글. 김연제 그림	사계절	2023
20	스마트폰으로 세상을 바꾸는 작은 영웅들: 우리가 사는 세상을 우리 힘으로 바꿀 수 있어요!	이승주 글. 문대웅 그림	썬더키즈	2022

	책제목	지은이	출판사	출판년도
21	지구부터 살리고 공부할게요	로쎌라 퀼러 글. 일라리아 자넬라토 그림	마음이음	2023
22	소녀들에게는 사생활이 필요해	김여진 글. 이로우 그림	사계절	2024
23	미술이 좋다면 이런 직업!	수지 호지 글. 엘리스 게이넷 그림	한솔수북	2023
24	세계의 랜드마크와 도시: 랜드마크로 보는 세계 도시의 역사·문화·예술 이야기	박동석 글. 박진주 그림	책숲	2024
25	우리 교실은 영화 미술관: 명화로 배우는 통합 교과 지식	이든 글	해와나무	2023
26	왜 유명한 거야, 이 그림?	이유리 글. 허현경 그림	우리학교	2022
27	우리나라 유물유적에 신기한 과학이 숨어 있어요!: 고인돌부터 수원 화성까지, 역사를 공부했더니 과학이 보여요!	이영란 글. 장석호 그림	글담	2022
28	복제인간은 가능할까?	박승준 글. 이한울 그림	봄마중	2024
29	우리 함께 살아요: 동식물과 인간이 어우러지는 행복한 삶의 방식	에릭 마티베 글. 마를렌 노르망드 그림	머스트비	2023
30	새가 된다는 건: 새들은 어떻게 먹고, 느끼고, 사랑할까	팀 버케드 글. 캐서린 레이너 그림	원더박스	2023
31	나는 복어	문경민 글	문학동네	2024
32	속눈썹, 혹은 잃어버린 잠을 찾는 방법	최상희 글	돌베개	2023
33	울지 않는 열다섯은 없다	손현주 글	다산책방	2023
34	똑똑한데 가끔 뭘 몰라	정원 글·그림	미디어창비	2023
35	고요한 우연	김수빈 글	문학동네	2023
36	조별과제 하다가 폭발하지 않는 법	윤미영 글	생각학교	2023
37	SF는 고양이 종말에 반대합니다: 온 세상 작은 존재들과 공존하기 위해 SF가 던지는 위험한 질문들	김보영, 이은희, 이서영 글	지상의책	2024
38	10대를 위한 세계 분쟁지역 이야기: 우크라이나에서 시리아까지, 지워진 일상과 지켜낸 희망 사이에서	프란체스카 만노키 글	롤러코스터	2023
39	쫌 이상한 체육 시간: 아는 만큼 재미있는 스포츠 인문학	최진환 글	창비교육	2022
40	좋아하는 것을 발견하는 법: 진로와 자기 탐색	이다혜 글	창비	2022

	책제목	지은이	출판사	출판년도
41	사람이 사는 미술관: 당신의 기본 권리를 짚어주는 서른 번의 인권 교양 수업	박민경 글	그래도봄	2023
42	그렇게 반도체가 중요한가요?: 맺고 끊는 기막힌 능력으로 나의 일상과 세계를 쥐락펴락하는 작디작은 반도체 이야기	김보미, 채인택 글. 주노 그림	서해문집	2023
43	그래서 과학자는 단위가 되었죠: 일상 속 어디에나 있는 과학 천재들	김경민 글	다른	2023
44	식욕이 왜 그럴 과학: 오늘도 침샘 폭발! 내 맘 같지 않은 입맛의 비밀	박승준 글	다른	2023
45	매쓰 비 위드 유: 손안의 수학부터, 인류를 구원할 수학까지	염지현 글	북트리거	2023
46	경우 없는 세계	백온유 글	창비	2023
47	달의 아이	최윤석 글	포레스트북스	2023
48	카메라를 끄고 씁니다: 가족을 기록하는 다큐멘터리 영화감독의 특별한 삶	양영희 글	마음산책	2022
49	4월, 그 비밀들	문부일 글	마음이음	2022
50	묻는다는 것: 질문은 어떻게 우리를 해방시키는가?	정준희 글. 이강훈 그림	너머학교	2023
51	지속가능한 세상에서 도시는 생명체다!: 모두 어우러진 우리의 삶터	배성호, 주수원 글	이상북스	2023
52	세탁비는 이야기로 받습니다, 산복빨래방	김준용, 이상배 글	남해의봄날	2023
53	열등감을 묻는 십대에게: 너보다 나보다, 나니까 너니까, 단단한 우리를 위한 비교 안내서	박진영, 안윤지 글. 주노 그림	서해문집	2022
54	사랑에 따라온 의혹들: 로맨스에서 돌보는 마음까지, 찬란하고 구질한 질문과 투쟁에 관하여	신정아 글	마티	2023
55	삶은 예술로 빛난다: 어떻게 살 것인가에 대한 가장 아름다운 대답	조원재 글	다산초당	2023
56	에드워드 호퍼의 시선	이연식 글	은행나무	2023
57	조선 미술관	탁현규 글	블랙피쉬	2023
58	요즘 미술은 진짜 모르겠더라: 난해한 현대미술을 이해하는 12가지 키워드	정서연 글	21세기북스	2023
59	별을 향해 떠나는 여행자를 위한 안내서	레스 존슨 글	문학수첩	2024
60	조선이 만난 아인슈타인: 100년 전 우리 조상들의 과학 탐사기	민태기 글	위즈덤하우스	2023